Mi

Cinci prieteni care te așteapă în rai

Descrierea CIP a Bibliotecii Naţionale a României
ALBOM, MITCH
Cinci prieteni care te aşteaptă în rai / Mitch Albom. -
Bucureşti : Bookzone, 2023
ISBN 978-630-305-054-6
821.111

Grafician copertă: **Maria Stoian**
Traducător: **Maria Dosei**
Redactori: **Elena-Anca Coman, Justina Ene**
Corector: **Maria Anghel**
Tehnoredactor: **Anca Marisac**

Editura Bookzone
Şoseaua Berceni nr. 104, sector 4, Bucureşti
Comenzi şi informaţii:
Telefon: +40 774 091.579; +40 770 584.429
E-mail: office@bookzone.ro
www.bookzone.ro

Mitch Albom

Cinci prieteni care te așteaptă în rai

Bookzone
BUCUREȘTI, 2023

Această carte este dedicată unchiului meu drag, Edward Beitchman, prima persoană care mi-a povestit despre rai. În fiecare an, așezați la masă de Ziua Recunoștinței, ne vorbea despre o noapte în spital, când s-a trezit și a văzut sufletele celor dragi stând la căpătâiul său, în așteptare. Nu am uitat niciodată această poveste. Așa cum nu l-am uitat niciodată nici pe el.

Fiecare dintre noi are o viziune proprie când vine vorba despre rai, așa cum fiecare religie îl descrie în felul propriu, și cred că toate trebuie respectate în aceeași măsură. Versiunea prezentată în această carte este, într-un fel, doar o idee, expresia unei dorințe grație căreia persoane precum unchiul meu și mulți alții, care de-a lungul existenței lor pe pământ s-au simțit nesemnificativi, realizează, în sfârșit, cât de importante și iubite au fost de fapt.

Sfârșit

ACEASTA ESTE POVESTEA UNUI BĂRBAT pe nume Eddie şi începe cu sfârşitul, cu moartea sa, în plină zi. O poveste care începe cu sfârşitul poate părea ciudată. Dar orice sfârşit este un început. Doar că nu suntem mereu conştienţi de asta.

EDDIE ŞI-A TRĂIT ULTIMA ORĂ DIN VIAŢĂ ca pe multe altele înainte, în parcul de distracţii Ruby Pier, cel de lângă marele ocean cenuşiu. Parcul avea atracţiile obişnuite: o faleză, o roată panoramică, un roller-coaster, maşinuţe buşitoare, o tarabă cu dulciuri şi un joc de tras la ţintă în care trebuia să nimereşti gura unui clovn cu un flux de apă. Avea, de asemenea, un turn nou care se numea *Freddy's Free Fall*; acesta era locul în care Eddie avea să moară, într-un accident despre care au povestit toate ziarele din stat.

ÎN MOMENTUL MORŢII SALE, Eddie era un bătrân cu părul alb, gâtul scurt, burtă mare, braţe groase şi un tatuaj decolorat pe umărul drept. Avea picioarele subţiri şi pline de varice de-acum şi genunchiul drept, rănit în timpul războiului, afectat de artrită. Mergea sprijinit în baston. Avea chipul lat, înăsprit de soare, mustăţi grizonante şi mandibula puţin ieşită în afară, fapt care-l făcea să arate mai impunător decât era. Ţinea o ţigară în spatele urechii stângi şi un inel de chei prins la curea. Purta pantofi cu talpă din cauciuc. Şi un chipiu vechi din pânză. Uniforma sa, de un maroniu tocit, îl făcea să arate a muncitor; ceea ce şi era.

TREABA LUI EDDIE ERA „să întreţină" atracţiile din parc, adică să le menţină în condiţii sigure de funcţionare. În fiecare după-amiază, traversa tot parcul, verificându-le pe fiecare în parte, de la căluşei la tobogan. Verifica să nu fie scânduri rupte, şuruburi slăbite sau urme de uzură la piesele metalice. Uneori, se oprea cu privirea pierdută, făcându-i pe trecători să se întrebe dacă nu cumva era ceva în neregulă. Dar, de fapt, Eddie stătea şi asculta. După atâţia ani petrecuţi acolo, era în stare „să audă" orice defecţiune, orice scârţâit, poticneală sau zdrăngănit al maşinăriilor.

CU CINCIZECI DE MINUTE ÎNAINTE DE A MURI, Eddie porni în ultima sa plimbare de-a lungul parcului Ruby Pier. Întâlni un cuplu în vârstă.

— Ziua bună, salută atingându-şi chipiul.

Cei doi răspunseră politicos, dând din cap. Oamenii îl cunoşteau pe Eddie. Cel puţin, cei care veneau adesea în parc. Îl vedeau în fiecare vară, un chip care devenise sinonim cu locul acela. Pe ecusonul cusut pe pieptul cămăşii de serviciu scria EDDIE deasupra cuvântului ÎNTREŢINERE şi, uneori, oamenii îi spuneau „Hai, salut, Eddie Întreţinere". Dar lui nu i se păruse niciodată amuzant.

Azi era tocmai ziua de naştere a lui Eddie, împlinea 83 de ani. Săptămâna trecută doctorul îi spusese că suferea de zona zoster. Zona zoster? Eddie habar n-avea ce era aia. Pe vremuri, era aşa de puternic, încât putea să ridice în fiecare mână câte un căluţ de la carusel. Dar asta fusese demult.

— EDDIE!...

— Eu, eu, Eddie, IA-MĂ PE MINE! Ia-mă pe mine!

Ultimele patruzeci de minute de viaţă. Eddie îşi făcu drum prin faţa cozii de la roller-coaster. Se dădea în fiecare dintre atracţiile din parc cel puţin o dată pe săptămână ca să se asigure că frânele şi direcţia funcţionau cum trebuie. Azi venise rândul lui „Ghoster Coaster", roaller-coaster-ul, iar copiii, care-l ştiau bine pe Eddie, urlau să-i ia cu el.

Copiii îl plăceau pe Eddie. Adolescenţii, nu. Adolescenţii îi dădeau dureri de cap. De-a lungul anilor, Eddie considera că văzuse toate tipurile posibile de adolescenţi, de la tipul frec-menta la ce-mă-vrei-să-te-baţi-cu-mine?! Dar cu copiii era altceva. Copiii îl priveau pe Eddie, falca sa ieşită în afară, care-i dădea un aspect zâmbăreţ, ca de delfin, şi aveau încredere în el. Îi atrăgea aşa cum căldura focului atrage mâinile îngheţate. Se agăţau de picioarele lui. Se jucau cu cheile lui. Cel mai adesea, Eddie se limita la câte un mormăit, nu era prea vorbăreţ. Bănuia că tocmai d-aia îl plăceau copiii, că nu zicea nimic.

De data asta alese doi băieţi cu şepci de baseball puse cu cozorocul la ceafă. Alergară spre micul vagonet, rostogolindu-se înăuntru. Eddie îi dădu bastonul supraveghetorului atracţiei şi se aşeză încet între cei doi.

— Dă-i drumu'... *dă-i drumu'*! strigă unul din băieţi, pe când celălalt îşi punea braţul lui Eddie pe după umeri.

Eddie coborî bara de protecţie şi începură să urce uşor, cu zgomot de angrenaje în mişcare.

CIRCULA O POVESTE despre Eddie. Crescuse pe aici, pe lângă aceste docuri, şi odată se băgase într-o bătaie de stradă. Cinci copii de pe bulevardul Pitkin îl încolţiseră pe fratele său, Joe, şi se pregăteau să-i tragă o mamă de bătaie. Eddie se afla la o distanţă de un cvartal; mânca un sendviş aşezat pe o verandă. Când îl auzise pe fratele său ţipând, o luase la fugă spre aleea de unde veneau ţipetele, apucase din mers capacul unui coş de gunoi şi-i băgase pe doi dintre băieţi în spital.

Joe nu a vorbit cu el luni întregi din cauza asta. Îi era ruşine. Joe era fratele mai mare, primul născut, dar Eddie era cel priceput la bătaie.

— NE MAI DĂM o dată, Eddie? Te rugăăm!

Ultimele treizeci şi patru de minute de viaţă. Eddie ridică bara de siguranţă, îi dădu fiecărui băiat o acadea, îşi recuperă bastonul, apoi porni şontâc spre atelierul de întreţinere, să se răcorească puţin. Era o vară toridă. Poate dacă ar fi ştiut cât de aproape era moartea, s-ar fi dus altundeva. În schimb, făcu ce face toată lumea: îşi văzu de rutina sa plictisitoare, de parcă ar fi avut tot timpul din lume la dispoziţie.

Unul dintre muncitorii de la atelier, un tânăr deşirat, cu pometi proeminenţi, pe nume Dominguez, stătea lângă bazinul cu diluant, ştergând vaselina de pe o roată de angrenaj.

— Hei, Eddie! îl salută.

— Dom, răspunse Eddie.

Atelierul mirosea a talaş. Era întunecos şi înghesuit, cu tavanul şi pereţii plini de unelte: burghie şi fierăstraie şi ciocane. Cât vedeai cu ochii erau numai schelete de maşinării: compresoare, motoare, curele, becuri, un cap de pirat... Pe un perete erau stivuite cutii de cafea pline de cuie şi şuruburi, iar pe alt perete, un număr infinit de tuburi cu lubrifianţi.

Eddie obişnuia să spună că nu-ţi trebuia vreo facultate să ungi o piesă, era la fel de uşor ca spălatul vaselor, singura diferenţă era că te murdăreai, în loc să te speli. Or, tocmai de asta se ocupa Eddie: dat cu vaselină, reglat de frâne, strâns şuruburi, verificat tablouri electrice. Îşi dorise adesea să părăsească locul acela, să-şi găsească altă muncă, să trăiască o viaţă mai bună. Dar venise războiul. Şi planurile sale se duseseră de râpă. Cu timpul, se obişnuise cu părul care devenea pe zi ce trecea mai alb, cu pantalonii aceia de om neînsemnat, într-o stare de obosită acceptare, în lumea aceea de râsete mecanice şi crenvurşti la grătar. Aşa cum indica ecusonul de pe cămaşă, Eddie, exact ca tatăl său înainte, nu era altceva decât *întreţinerea*, maistrul echipei de întreţinere sau, cum îi mai spuneau copiii, „Eddie de la Ruby Pier".

ULTIMELE TREIZECI DE MINUTE.

— Hei, apropo, la mulţi ani! spuse Dominguez.

Eddie mormăi drept răspuns.

— Nu faci chef, nimic?

Eddie se uită la el ca la un nebun. Pentru o clipă, se gândi ce ciudat e să îmbătrâneşti într-un loc care miroase a vată pe băţ.

— Mă rog, Eddie. Da' să nu uiţi că eu de luni sunt în concediu, toată săptămâna. Mă duc în Mexic.

Eddie încuviinţă din cap, iar Dominguez mimă câţiva paşi de dans.

— Şi eu, şi Theresa. O să se strângă toată familia. Să vezi chef atunci!

Se opri din dansat, observând că Eddie privea în gol.

— Ai fost vreodată? întrebă Dominguez.

— Dacă am fost?

— În Mexic.

Eddie expiră pe nas.

— Băiete, nu m-am dus niciodată nicăieri în afară de locurile în care m-au trimis cu puşca pe umăr.

Îl privi pe Dominguez cum se întorcea la bazinul cu diluant. Căzu pe gânduri. Apoi scoase din buzunar un teanc mic de bancnote, extrase singurele două de douăzeci de dolari pe care le avea şi i le întinse.

— Ia-i ceva drăguţ soţiei tale, spuse Eddie.

Dominguez privi banii cu un zâmbet larg pe chip şi zise:

— Hai, Eddie, ce te-a apucat? Eşti sigur?

Eddie puse banii în mâna lui Dominguez. Apoi ieşi şi porni spre magazie. Cu ani în urmă, fusese decupată în scânduri o „gaură de pescuit"; Eddie dădu la o parte capacul din plastic. Trase de un fir din nailon care ajungea până jos, la ocean, la 25 de metri adâncime. Momeala, o bucată de parizer, era încă în cârlig.

— A tras ceva? strigă Dominguez. Zi-mi că da!

Eddie se întrebă cum putea fi tipul acela aşa de optimist. Nu prinseseră niciodată nimic.

— Într-una din zilele astea, strigă Dominguez, o să prindem un calcan!

— Mda, murmură Eddie, ştiind bine că nu vor putea niciodată să tragă un peşte aşa de mare printr-o gaură atât de mică.

ULTIMELE DOUĂZECI ŞI ŞASE DE MINUTE. Eddie traversă aleea, spre partea de sud a parcului. Afacerile nu mergeau cine ştie ce. Fata de la tejgheaua cu dulciuri stătea sprijinită în coate şi făcea baloane din gumă de mestecat.

Pe vremuri, Ruby Pier era locul cel mai frecventat în timpul verii. Aveau elefanţi şi focuri de artificii şi concursuri de dans. Dar oamenii nu prea mai veneau la parcurile de distracţii de la ocean; preferau să meargă la parcurile tematice, unde plăteau 75 de dolari biletul şi făceau poze cu personaje din pluş uriaşe.

Şchiopătând, Eddie trecu dincolo de maşinuţele buşitoare, cu ochii aţintiţi asupra unor puşti care se aplecau peste balustrada de protecţie. „Minunat”, îşi spuse. „Exact ce-mi doream.”

— Valea, strigă bătând cu bastonul în balustradă. Plecaţi de acolo. E periculos.

Puştii îl priviră chiorâş. Stâlpii de la maşinuţe sfârâiau de la energia electrică, zzzz-zzzzzz.

— E periculos, repetă Eddie.

Puştii se uitară unul la celălalt. Unul dintre ei, cu o şuviţă portocalie în cap, rânji la Eddie şi se urcă în picioare pe balustradă.

— Ai tupeu să dai în mine?! urlă făcându-le cu mâna celor din maşinuţe. Haide, dă...

Eddie lovi balustrada cu atâta forţă, încât bastonul aproape că i se rupse în două.

— VALEA, AM ZIS!

Puştii o luară la sănătoasa.

MAI CIRCULA O POVESTE despre Eddie. Pe vremea când era în armată, se angrenase în luptă de nenumărate ori. Fusese curajos. Primise chiar şi o medalie. Dar, spre sfârşitul serviciului militar, s-a luat la bătaie cu unul dintre oamenii săi. Şi a fost rănit. Ce se întâmplase cu celălalt tip nu ştia nimeni.

Şi nu întrebase nimeni.

CÂND MAI AVEA DOAR NOUĂSPREZECE MINUTE DE TRĂIT, Eddie se aşeză pentru ultima dată pe un scaun vechi din aluminiu, dintr-acelea pentru plajă. Îşi puse braţele scurte, musculoase, ca labele de focă, pe piept. Picioarele i se înroşiseră de la soare şi pe genunchiul stâng încă se vedeau cicatrice. De fapt, aproape tot trupul lui Eddie era dovada că supravieţuise mai multor ciocniri violente. Degetele sale erau îndoite în mod bizar, din cauza numeroaselor fracturi provocate de diverse maşinării. Îşi spărsese nasul de mai multe ori în ceea ce el numea „lupte de birt". Faţa sa, cu mandibula lată, fusese cândva frumoasă, exact cum se întâmplă cu feţele boxerilor înainte de a încasa prea mulţi pumni.

Dar acum Eddie arăta doar obosit. Acesta era locul său obişnuit de pe faleza Ruby Pier, în spatele caruselului Jackrabbit, care până în anii 1980 fusese Thunderbolt, în anii 1970 fusese Steel Eel, în anii 1960 fusese Lollipop Swings, în anii 1950 fusese Laff In The Dark şi care, înainte, fusese foişorul unde cânta orchestra Stardust.

Adică locul unde Eddie o cunoscuse pe Marguerite.

ÎN FIECARE VIAŢĂ DE OM există un instantaneu a iubirii adevărate. Lui Eddie i se întâmplase într-o noapte caldă de septembrie, după o furtună, când faleza era plină de băltoace de apă. Marguerite era îmbrăcată cu o rochie galbenă din bumbac şi avea o bentiţă roz în păr. Eddie nu a vorbit prea mult. Era aşa de emoţionat încât simţea că limba i se lipise de dinţi. Dansaseră pe muzica formaţiei Delaney Picioare Lungi şi Everglades Orchestra. Eddie îi cumpărase o limonadă. Ea spusese că trebuia să plece înainte ca părinţii ei să se supere. Dar, îndepărtându-se de el, se întorsese să-i facă cu mâna.

Iar aceea devenise instantaneul iubirii pentru Eddie. Tot restul vieţii sale, ori de câte ori se gândea la Marguerite, Eddie revedea acel moment, o vedea făcându-i cu mâna întoarsă pe jumătate spre el, cu părul negru căzându-i peste un ochi, şi simţea aceeaşi iubire pulsându-i în vene.

În noaptea aceea se dusese acasă şi-l trezise pe fratele său mai mare. Îi spusese că tocmai o întâlnise pe fata cu care avea de gând să se căsătorească.

— Du-te la culcare, Eddie, mormăise fratele său.

Frrrşşşşşşş... un val se sparse pe plajă. Eddie tuşi ceva ce nu voia să vadă. Scuipă.

Frrrşşşşşşş. Înainte se gândea adesea la Marguerite. Acum nu o mai făcea aşa des. Era ca o rană sub un pansament vechi, iar el se obişnuise deja mai mult cu pansamentul.

Frrrşşşşşşş...

Ce era zona zoster?

Frrrşşşşşşş...

Şaisprezece minute de viaţă.

POVESTEA NU E NICIODATĂ UNA SINGURĂ. Uneori, poveştile se întâlnesc pe la colţuri, alteori se aşază una peste alta, ca pietrele de pe fundul unui râu.

Sfârşitul poveştii lui Eddie se întrepătrundea cu o poveste la fel de inocentă, din urmă cu câteva luni, când, într-o noapte înnorată, un tânăr sosi la Ruby Pier cu trei prieteni de-ai săi.

Tânărul, pe nume Nicky, era şofer începător şi nu se obişnuise încă să ţină cheia pe breloc. Aşa că o scoase, o băgă în buzunarul jachetei şi apoi îşi legă jacheta de brâu.

În următoarele câteva ore, se dădu cu prietenii prin cele mai ameţitoare şi rapide atracţii din parc: The Flying Falcon, The Splashdown, Freddy's Free Fall, The Ghoster Coaster.

— Mâinile sus, în aer! strigă unul dintre ei.

Şi toţi trei ridicară mâinile sus.

Mai târziu, când se întunecase deja, se întoarseră la parcare, obosiţi şi râzând şi bând bere din cutii maro. Nicky băgă mâna în buzunarul jachetei. Scotoci. Înjură.

Cheia nu mai era.

ULTIMELE PAISPREZECE MINUTE. Eddie îşi şterse fruntea cu o batistă. Suprafaţa oceanului sclipea ca acoperită de diamante dansând pe apă, iar Eddie privea absorbit mişcarea lor vioaie. Nu se mai pusese pe picioare după război.

Dar înainte, cu Marguerite, la foişorul unde cânta orchestra Stardust, putea încă să se mişte graţios. Închise ochii, fredonând în minte cântecul care-i adusese împreună, cântecul lui Judy Garland în filmul acela... În mintea sa, cântecul se auzea amestecat cu sunetul valurilor care se spărgeau la mal şi cu ţipetele copiilor care se dădeau în tiribombe.

„You made me love you..."

Frrrşşşşşş.

„... do it, I didn't want to do I..."

Un val explodează în picături. „... me love you ..." Eeeeeee!

„... time you knew it, and all the..."

Frrrşşşşşş

„... knew it..."

Eddie simțea mâinile lui Marguerite pe umeri. Închise ochii strâns, pentru a-și aduce amintirea și mai aproape.

ULTIMELE DOUĂSPREZECE MINUTE.

— Nu vă supărați...

O fetiță, care părea de vreo opt ani, se pusese în fața lui, blocând lumina soarelui. Avea bucle blonde și purta pantaloni scurți de blugi cu tivul tăiat și șlapi și un tricou verde limetă, cu o rață desenată pe partea din față. O chema Amy, se gândi el. Amy sau Annie. Mai fusese pe-acolo vara trecută, deși Eddie nu-i văzuse niciodată nici pe mama, nici pe tatăl ei.

— Nu vă supăraaați... Sunteți Eddie Întreținere?

Eddie oftă.

— Doar Eddie, răspunse el.

— Eddie?

— Hmm?

— Îmi faci și mie...

Își împreună mâinile ca și cum s-ar fi rugat.

— Zi, puștoaico. Că mai am și alte treburi azi.

— Poți să-mi faci și mie un animal? Te rooog!

Eddie ridică privirea, de parcă ar fi cântărit situația. Apoi băgă mâna în buzunarul de la cămașă și scoase trei sârme galbene acoperite de o spirală de peri din cele cu care de obicei se curăță țevile. Le ținea cu el tocmai cu scopul ăsta.

— Daaaaaa! spuse fetița bătând din palme.

Eddie se apucă de îndoit sârmele.

— Unde sunt părinții tăi?

— Se dau în tiribombe.

— Fără tine?

Fetița ridică din umeri.

— Mami e cu prietenul ei.

Eddie își ridică privirea.

— Oh.

Îndoi sârmele în formă de bucle mici, apoi răsuci buclele una în jurul celeilalte. Spre deosebire de înainte, acum îi tremurau mâinile și-i luă mai mult decât de obicei, dar curând sârmele începură să ia forma unui cap, cu urechi, corp și codiță.

— Un iepure? spuse fetița.

Eddie îi făcu semn cu ochiul.

— Mulțumeeeeesc!

Fetița dispăru, rătăcind prin locul acela unde copiii mișunau de colo până colo fără măcar să simtă că-și mișcau picioarele. Eddie își șterse iar fruntea, apoi închise ochii, se prăbuși pe scaunul de plajă și încercă să-și readucă în minte vechea melodie.

Un pescăruș îi trecu pe deasupra capului cu un strigăt.

CUM ÎȘI ALEG OAMENII ULTIMELE CUVINTE? Își dau seama cât sunt de importante? Sunt cuvinte destinate să fie înțelepte?

Până la cea de-a 83-a aniversare, Eddie pierduse aproape toți oamenii dragi. Unii muriseră de tineri, alții avuseseră norocul să îmbătrânească înainte de a fi luați de boală sau de vreun accident. La înmormântări, Eddie obișnuia să-i asculte pe ceilalți citând ultimele cuvinte ale mortului. „Parcă știa că avea să moară”, ziceau unii.

Eddie nu crezuse asta niciodată. După părerea lui, când îți sosește ceasul, îți sosește, și cu asta, basta. Poate la plecare unii zic ceva profund, dar e la fel de posibil să spună vreo prostie.

Ca fapt divers, ultimele cuvinte ale lui Eddie au fost „îndepărtați-vă de aici!"

Vreți să știți care au fost sunetele pe care le-a auzit Eddie în ultimele minute de viață? Zgomotul valurilor spărgându-se de mal. Bubuit de muzică rock, undeva în depărtare. Motorul unui mic avion biplan cu o reclamă agățată de coadă. Și asta:

— DOAMNE DUMNEZEULE! UITE!

Eddie simți cum ochii i se zbăteau sub pleoape. De-a lungul anilor, ajunsese să recunoască fiecare zgomot de la Ruby Pier și putea să doarmă însoțit de ele ca de un cântec de leagăn.

Dar vocea aceea nu era un cântec de leagăn.

— DOAMNE DUMNEZEULE! UITE!

Eddie țâșni în picioare. O femeie cu brațele groase pline de bube, care avea o sacoșă de cumpărături, arăta cu degetul și țipa. În jurul ei se adunase un mic grup de oameni, toți cu privirea țintită în sus, spre cer.

Eddie pricepu imediat. Unul din vagonetele de la Freddy's Free Fall, cea mai nouă atracție din parc, un turn în care puteai experimenta senzația de cădere în gol, era înclinat într-o parte, ca o basculantă care se descarcă. Patru pasageri, doi bărbați și două femei, ținuți în loc doar de bara de siguranță, se apucau frenetic de orice puteau.

— OH, DOAMNE DUMNEZEULE! striga femeia grasă. VOR CĂDEA! OAMENII ACEIA CHIAR O SĂ CADĂ DE-ACOLO!

O voce se auzi prin stația radio prinsă la cureaua lui Eddie.

— *Eddie! Eddie!*

Apăsă butonul.

— Am văzut! Cheamă paza!

Oamenii alergau de pe plajă direct spre locul acela, ca şi cum ar fi fost un exerciţiu antiincendiu. *Ia uite! Sus, uită-te în sus! Atracţia s-a transformat în infern!* Eddie îşi înşfăcă bastonul şi porni şchiopătând spre gardul de siguranţă din jurul bazei platformei, însoţit de clinchetul cheilor care i se loveau de şold. Inima îi bubuia în piept.

Freddy's Free Fall era un turn de pe care cădeau în gol cu mare viteză două vagonete pentru a se opri brusc, blocate de un jet de aer comprimat. Cum era posibil ca unul din vagonete să se desprindă în halul acela?! Stătea înclinat la doar câţiva metri sub platforma superioară, ca şi cum ar fi început coborârea şi apoi s-ar fi răzgândit.

Eddie ajunse la poartă şi se opri să-şi tragă sufletul.

Dominguez veni în fugă, aproape lovindu-se de el.

— Ascultă-mă! spuse Eddie apucându-l de umeri pe Dominguez. Strânsoarea era atât de puternică, încât Dominguez se strâmbă de durere. Ascultă-mă! Cine e sus?

— Willie.

— Bine. Trebuie să apese butonul de urgenţă. De-aia stă aşa agăţat vagonetul. Urcă pe scară şi spune-i lui Willie să deblocheze manual bara de siguranţă, astfel încât oamenii să poată ieşi de-acolo. Da? Butonul e în spatele vagonetului, aşa că va trebui să-l susţii în timp ce el se apleacă să deblocheze. Da? Apoi... Apoi tu şi el, după ce deblocaţi, tu şi el, nu doar unul din voi, ai înţeles? Tu şi el îi scoateţi de-acolo! Vă ţineţi unul pe celălalt. Ai înţeles?! Ai înţeles?

Dominguez dădu din cap de câteva ori în semn de încuviinţare.

— Apoi coboară nenorocitul de vagonet până jos, să vedem ce s-a întâmplat!

Lui Eddie îi bubuia capul. Deşi în parcul său nu se întâmplase niciodată niciun accident, ştia toate poveştile de groază din domeniu. Odată, la Brighton, se slăbise un şurub de la un balansoar-gondolă şi căzuseră doi oameni, pierzându-şi viaţa. Altă dată, la Wonderland Park, un om încercase să traverseze şinele de la roller-coaster; căzuse printre ele şi rămăsese agăţat acolo de subsuori. Se blocase, urlase, iar vagonetele se apropiaseră cu viteză de el şi... mă rog, fusese un accident îngrozitor.

Eddie îşi îndepărtă povestea din minte. În jurul său se strânsese o mulţime de oameni ţinându-şi mâinile la gură. Îl priveau pe Dominguez căţărându-se pe scară. Eddie încercă să-şi amintească fiecare componentă a turnului Freddy's Free Fall. *Motor. Cilindri. Sistemul hidraulic. Garnituri. Cabluri.* Cum se poate desprinde un vagonet? Studie cu privirea întregul traseu al vagonetului, de la cei patru oameni înspăimântaţi, aflaţi sus, în vârf, apoi în jos, pe axa turnului, până la bază. *Motor. Cilindri. Sistemul hidraulic. Garnituri. Cabluri...*

Dominguez ajunse la platforma superioară. Făcu exact ce îl instruise Eddie, susţinându-l pe Willie, care atârna cu capul în jos spre partea din spate a vagonetului, pentru a elibera siguranţa. Una din cele două femei se agăţă de Willie, aproape făcându-l să cadă de pe platformă. Mulţimea tresări.

— Stai, spuse Eddie pentru sine.

Willie încercă din nou. De data aceasta reuşi să deblocheze siguranţa.

— Cablul, murmură Eddie.

Bara de siguranţă se ridică şi mulţimea oftă uşurată. Oamenii aflaţi în vagonet fură ridicaţi imediat sus, pe platformă.

— *Se desface* cablul...

Eddie avea dreptate. La baza turnului Freddy's Free Fall, cablul care ridica vagonetul nr. 2 se freca, nevăzut de nimeni, de o pulie blocată. Fiind blocată, pulia hârşâise treptat firele din oţel ale cablului, ca şi cum ar fi curăţat un ştiulete de porumb, până când aproape că le rupsese. Nimeni nu băgase de seamă. Cum ar fi putut? Doar dacă s-ar fi vârât cineva în interiorul mecanismului ar fi putut observa problema.

Pulia era blocată de un obiect mic care, probabil, căzuse prin deschizătură la un moment dat.

Cheia unei maşini.

— NU DEBLOCAŢI VAGONETUL! urlă Eddie. Începu să dea din mâini. HEI! HEEEEI!!! E DE LA CABLU! NU DEBLOCAŢI VAGONETUL! O SĂ SE RUPĂ!

Mulţimea îl acoperi. Oamenii îi aclamau din rărunchi pe Willie şi pe Dominguez, care tocmai ridicaseră ultimul pasager din vagonet. Toţi patru erau în siguranţă. Se îmbrăţişară acolo sus, pe platformă.

— DOM! WILLIE! urlă Eddie.

Cineva îl lovi, făcându-i staţia radio să cadă. Eddie se aplecă să o ridice. Willie se duse spre panoul de control. Apăsă butonul verde. Eddie îşi ridică privirea.

— NU, NU, NU, NU! N-O FACE!!

Eddie se întoarse spre mulţime.

— ÎNDEPĂRTAŢI-VĂ!!

Ceva din vocea lui Eddie trebuie să fi atras atenţia oamenilor, pentru că încetară să aclame şi începură să se împrăştie. La baza turnului Freddy's Free Fall se făcuse loc.

Şi-atunci Eddie văzu ultimul chip pe care avea să-l vadă în viaţa sa.

Stătea întinsă la baza din metal a turnului, ca şi cum ar fi împins-o cineva acolo, trăgându-şi nasul, cu ochii plini de lacrimi: era fetiţa cu animalul din sârmă. Amy? Annie?

— Mami... Mami... Mami...

Suspina, aproape ritmic, cu corpul parcă paralizat de un plânset specific copiilor.

— Mami... Mami... Mami... Mami...

Ochii lui Eddie ţâşniră de la ea la vagonetul înclinat. Avea timp? De la ea la vagonet...

Vuuuum. Prea târziu. Vagonetul se prăbuşea. *Dumnezeule, deblocase frânele!* Totul încetini în ochii lui Eddie. Aruncă bastonul, trase de piciorul bolnav, simţind o durere care aproape îl doborî. Un pas mare. Încă unul. Pe axa turnului Freddy's Free Fall, ultimul fir al cablului din oţel plesni şi fu tras de sistemul hidraulic. Vagonetul nr. 2 era în cădere liberă şi nimic nu-l putea opri, exact ca o stâncă în prăbuşire.

În acele ultime momente, Eddie păru să audă întreaga lume: ţipete îndepărtate, valuri, muzică, o adiere de vânt, un sunet grav, puternic şi urât, care, îşi dădu seama, era propria voce explodându-i din piept. Fetiţa îşi ridică braţele. Eddie făcu un salt. Piciorul bolnav i se înţepeni. Ajunse la ea pe jumătate zburând, pe jumătate împiedicându-se, ateriză pe platforma din metal, care-i rupse cămaşa şi-i sfâşie carnea, exact sub ecusonul pe care scria EDDIE şi ÎNTREŢINERE. Simţi două mâini într-ale sale, două mânuţe.

Un impact îngrozitor.

Un fulger orbitor de lumină.

Apoi, nimic.

Azi este ziua de naştere a lui Eddie

Suntem în anul 1920, într-un spital aglomerat dintr-unul dintre cele mai sărace cartiere ale oraşului. Tatăl lui Eddie fumează în sala de aşteptare, laolaltă cu ceilalţi tătici, care fumează şi ei. Asistenta intră ţinând în mână o fişă. Îi spune numele. Îl pronunţă greşit. Ceilalţi bărbaţi elimină fumul din piept. Ei bine?

Tatăl lui Eddie ridică mâna.

— Felicitări, spune asistenta.

O urmează pe hol, spre salonul unde sunt ţinuţi nou-născuţii. Pantofii îi scârţâie pe podea.

— Aşteptaţi aici, spune ea.

Prin geam, o vede cum verifică numerele de pe pătuţurile din lemn. Trece de unul, nu e ăsta, trece de altul, nu e ăsta, trece de altul, nu e nici ăsta.

Se opreşte. Iată-l. Sub păturică. Un cap micuţ acoperit de o căciuliţă albastră. Îşi verifică încă o dată fişa, apoi i-l indică.

Tatăl, cu respiraţia întretăiată, încuviinţează dând din cap. Pentru o clipă, faţa lui pare a se sfărâma în bucăţi, ca un pod care se prăbuşeşte într-un râu. Apoi zâmbeşte.

Al lui.

Călătoria

EDDIE NU A VĂZUT NIMIC DIN ULTIMUL SĂU MOMENT pe pământ, nimic din parc, din mulțime sau din vagonetul din fibră de sticlă făcut țăndări.

În poveștile despre viața după moarte, sufletul plutește adesea deasupra momentului de adio, levitând peste mașinile de poliție în cazul accidentelor rutiere sau agățându-se, ca un păianjen, pe plafonul salonului de spital. Aceștia sunt oameni care primesc o a doua șansă, care, cumva, din cine știe ce motiv, își reiau locul în lume.

Însă, din câte părea, Eddie nu avea să primească o a doua șansă.

UNDE...?

Unde...?

Unde...?

Cerul avea o nuanță cețoasă, portocalie ca dovleacul, apoi se transformă în turcoaz aprins și apoi într-un alb luminos. Eddie plutea, cu brațele încă întinse.

Unde...?

Își amintea căderea vagonetului. Asta da. Și fetița. Amy? Annie? Plângea. Asta da. Își amintea că se aruncase spre ea. Își amintea că se lovise căzând pe platformă. Simțise mânuțele fetiței într-ale sale.

Și apoi?

O salvase?

Eddie reușea să vadă toate acestea ca de la distanță, de parcă se întâmplaseră cu ani în urmă. Dar, în mod și mai bizar, nu simțea niciun fel de emoție în legătură cu ce se petrecuse. Simțea doar o senzație de calm, ca un bebeluș legănat de brațele mamei sale.

Unde...?

În jurul său, cerul își schimbase din nou culoarea, de la galben ca grepfrutul la verde pădure, devenind apoi un roz care lui Eddie îi amintea de vata pe băț.

Am salvat-o?

A supraviețuit?

Unde...?

... s-au dus grijile mele?

Unde mi-au dispărut durerile?

Nu le mai simțea. Toate suferințele sale, toate durerile îndurate vreodată, totul dispăruse într-o singură, ultimă răsuflare. Nu mai simțea agonie. Nu mai simțea tristețe. Își simțea conștiința ca de vată, un fuior de fum, perfect calmă. Sub el, culorile continuau să se schimbe. Ceva se învârtea. Apă. Un ocean. Plutea deasupra unei vaste mări galbene. Care acum devenise de culoarea pepenelui galben. Și apoi de culoarea safirelor. Și-ncepu să cadă, să se prăbușească spre suprafața aceea. Mai rapid decât și-ar fi putut imagina vreodată. Cu toate acestea, pe chip nu simțea nici măcar o adiere. Și nici frică. Văzu nisipurile unui țărm auriu.

Apoi se trezi sub apă.
În jur, o linişte absolută.
Unde-mi sunt grijile?
Unde mi-au dispărut durerile?

Azi este ziua de naștere a lui Eddie

Are cinci ani. Este duminică după-amiază, la Ruby Pier.

Mesele de picnic sunt întinse pe marginea promenadei cu vedere spre plajă. Tortul este de vanilie și are lumânări din ceară albastre. Pe masă mai e o carafă mare cu suc de portocale. Prin împrejurimi se-nvârt muncitorii de la doc, vânzătorii ambulanți, animatori, dresori, câțiva oameni de la pescărie. Tatăl lui Eddie e prins într-un joc de cărți, ca de obicei. Eddie se joacă la picioarele lui. Fratele său mai mare, Joe, face flotări în fața unui grup de femei în vârstă, care se prefac interesate și bat politicos din palme.

Eddie poartă cadoul primit, o pălărie roșie de cowboy și un pistol de jucărie cu toc. Se ridică și aleargă de la un grup la celălalt, scoțând arma și „împușcându-i": pac! pac!

— Vino-n-coa', băiete, îi face semn de pe bancă Mickey Shea.

— Pac! Pac! face Eddie.

Mickey Shea lucrează cu tatăl lui Eddie, repară carusele. Este gras, poartă bretele și cântă tot timpul cântece irlandeze. Lui Eddie i se pare că miroase ciudat, a sirop de tuse.

— Vino-n-coa'! Hai să te-arunc pe sus, spune. Cum se obișnuiește la noi, în Irlanda.

Dintr-odată, mâinile mari ale lui Mickey se află sub subsuorile lui Eddie. Îl ridică în aer, îl răsucește și-apoi îl ține așa, atârnat de picioare. Lui Eddie îi cade pălăria.

— Ai grijă, Mickey! strigă mama lui Eddie.

Tatăl lui Eddie își ridică privirea, zâmbind, apoi se întoarce la jocul de cărți.

— Hop-așa. L-am prins, spune Mickey. Acum o să te salt cu capul în jos, câte o dată pentru fiecare an împlinit.

Mickey îl lasă pe Eddie ușor în jos, până când creștetul îi ajunge la pământ.

— Unu!

Mickey îl ridică pe Eddie înapoi. Se alătură și ceilalți, râzând și numărând tare: Doi! Trei!

Așa, atârnat, Eddie nu mai știe care cine e. Îl ia amețeala.

— Patru! strigă lumea. Cinci!

Mickey îl ridică, îl răsucește și-l pune pe Eddie din nou în picioare. Aplaudă toți. Eddie se întinde după pălărie, dar se împiedică. Se ridică, se îndreaptă împleticindu-se spre Mickey Shea și-i trage un pumn în braț.

— Hei! De ce dai, băiete? întreabă Mickey.

Toată lumea râde. Eddie se întoarce și fuge, face trei pași, și sfârșește în brațele mamei sale.

— Ești bine, sărbătoritul meu iubit?

Chipul ei e la distanță de doar câțiva centimetri. Îi vede rujul roșu, obrajii plinuți și moi și buclele de păr castaniu.

— Am stat cu susul în jos, îi spune.

— Am văzut, răspunde ea.

Îi pune pălăria înapoi pe cap. Mai târziu, avea să-l plimbe pe faleză, poate să-l ducă la o plimbare cu elefantul ori să privească pescarii seara, trăgându-și plasele, cu pești răsucindu-se în aer ca niște monede umede și strălucitoare. Avea să-l țină de mână și să-i spună că Dumnezeu era mândru de el, un băiețel așa cuminte de ziua lui, și că asta avea să întoarcă lumea la loc, cu susul în sus și josul în jos.

Sosirea

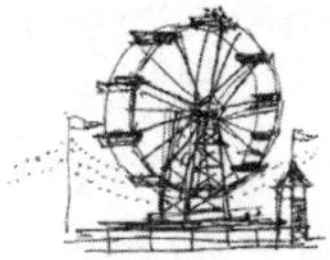

EDDIE SE TREZI ÎNTR-O CEAŞCĂ DE CEAI.

Era o piesă dintr-un vechi parc de distracţii, o ceaşcă mare, din lemn lustruit, închis la culoare, cu băncuţă tapiţată şi o uşă cu balamale din oţel. Braţele şi picioarele lui Eddie atârnau peste marginea ceştii. Cerul continua să-şi schimbe culoarea, de la maro ca pantofii la stacojiu-închis.

Din instinct, se întinse după baston. În ultimii câţiva ani îl ţinuse mereu lângă pat, pentru că în unele dimineţi nu mai avea puterea să se ridice fără să se sprijine în el. Era jenant pentru Eddie, care obişnuia să-i salute pe bărbaţi cu un pumn în umăr.

Dar aici nu era niciun baston, aşa că, oftând, încercă să se ridice. În mod surprinzător, spatele nu-l mai durea. Nici picioarele nu-i mai tremurau. Se împinse cu mai multă forţă şi sări cu uşurinţă dincolo de marginea ceştii, aterizând stângaci la pământ. Trei lucruri îi trecură prin minte.

Mai întâi de toate, că se simţea minunat.

Apoi, că era singur.

Şi ultimul: că se afla încă la Ruby Pier.

Doar că era un alt Ruby Pier, cu corturi mari din pânză şi spaţii goale acoperite de iarbă; priveliştea era atât de lipsită de obstacole, încât puteai vedea oceanul şi stabilopozii înverziţi de alge. Toate atracţiile din parc erau de culoare roşu aprins sau crem, nici urmă de verde-albăstrui sau maro, iar fiecare atracţie avea propria cabină de bilete din lemn. Ceaşca în care se trezise făcea parte dintr-o atracţie rudimentară şi veche, numită Spin-O-Rama. Firma era din placaj, un panou fixat la înălţime mică, în balamale, ca toate celelalte firme de la vitrinele aliniate pe promenadă:

Trabucuri El Tiempo! Pentru fumători adevăraţi!

Supă de peşte, 10 cenţi!

Hai pe Whipper – Senzaţia secolului!

Eddie clipi de mai multe ori. Era în Ruby Pier, dar parcul arăta aşa cum fusese în copilăria sa, cam cu vreo 75 de ani în urmă, doar că totul era nou-nouţ şi strălucitor. În depărtare se afla Loop-the-Loop, care fusese demolat cu zeci de ani în urmă, şi ceva mai încolo se vedeau ştrandurile şi piscinele cu apă sărată care dispăruseră de prin anii 1950. Dincolo, proiectată în văzduh, se vedea roata panoramică originală, proaspăt vopsită, albă ca laptele, iar dincolo de aceasta, străzile din vechiul său cartier şi acoperişurile blocurilor din cărămidă, cu frânghiile de rufe atârnate la ferestre.

Eddie încercă să strige, dar vocea sa nu era decât un pic de aer. Buzele sale mimară un „hei!”, dar din gură nu-i ieşi niciun zgomot.

Se apucă de braţe, apoi de picioare. Cu excepţia faptului că rămăsese fără voce, se simţea incredibil. Merse în cerc. Făcu salturi. Nici urmă de durere. În ultimii zece ani uitase cum era să meargă fără să se strâmbe de durere sau să se aşeze fără să se chinuiască să găsească o poziţie în care să nu-l necăjească spatele. La exterior arăta exact ca de dimineaţă: un bătrân gârbovit, cu burtă mare, cu un chipiu vechi, pantaloni scurţi şi cămaşa maro de la uniforma departamentului de întreţinere. Dar se mişca agil. Atât de agil, încât îşi putea atinge gleznele şi ridica genunchii la piept. Îşi studie corpul ca un bebeluş, fascinat de mecanismele noi, era un om de cauciuc, capabil să se întindă exact precum cauciucul.

Apoi începu să alerge.

Ha-ha! Alerga! Eddie nu mai alergase de peste 60 de ani, de la război, dar acum alerga, mai întâi cu paşi uşori, accelerând apoi la maximum, şi mai repede, şi mai repede, întocmai cum făcea în tinereţe. Alergă de-a lungul pasarelei, trecu de ghereta cu echipamente de pescuit şi momeli (cinci cenţi), dincolo de magazinul unde se închiriau costume de baie (trei cenţi). Trecu pe lângă toboganul denumit Dipsy Doodle. Alergă de-a lungul promenadei Ruby Pier, pe sub clădiri magnifice cu design maur, pline de turle şi minarete şi cupole în formă de ceapă. Trecu dincolo de Caruselul Parizian, cu căluşeii săi din lemn sculptat, oglinzi şi orga Wurlitzer, toate strălucitoare şi noi. Avea impresia că nu trecuse mai mult de o oră de când răzuia rugina de pe acele piese, la el în atelier.

Alergă până-n mijlocul vechii alei principale, acolo unde pe vremuri veneau ghicitorii, prezicătoarele şi unde dansau ţiganii. Îşi înfipse bărbia în piept, deschizând larg braţele, ca un planor; la fiecare câţiva paşi, făcea câte un salt, ca la mersul ştrengarului, sperând să-şi poată lua zborul. Dacă cineva l-ar fi văzut, l-ar fi considerat ridicol:

un angajat de la întreţinere, cu părul alb, singur-singurel, făcând pe aeroplanul. Dar, se ştie, fiecare bărbat, indiferent de vârstă, ascunde în el un băieţel care aleargă.

APOI EDDIE SE OPRI din alergat. Auzise ceva. O voce îndepărtată, venită ca dintr-un megafon.

— *Doamnelor şi domnilor, ce părere aveţi despre el? Aţi mai văzut vreodată ceva atât de dezgustător...?*

Eddie stătea lângă un chioşc de bilete gol, în faţa unui teatru mare. Pe firmă scria:

Cei mai ciudaţi cetăţeni ai lumii.
Circul de la Ruby Pier!
Sfinte Sisoie! Cel mai gras om! Cel mai slab om!
Intraţi să-l vedeţi pe omul-sălbatic!

Circul. Casa Groazei. Bâlciul ciudăţeniilor. Eddie îşi aminti că fuseseră închise în urmă cu cel puţin 50 de ani, cam când televiziunea intrase în casele oamenilor. Cine să mai aibă nevoie de spectacolele de circ pentru a-şi satisface imaginaţia?

— *Uitaţi-vă bine la acest sălbatic, născut cu un extraordinar handicap...*

Eddie trase cu ochiul pe uşa de la intrare. Văzuse câţiva oameni ciudaţi pe-acolo, nu glumă! Jolly Jane, de exemplu, care cântărea peste 225 de kilograme şi care avea nevoie de doi bărbaţi ca să se urce sus, pe scări. Sau gemenele siameze, care aveau o singură coloană vertebrală şi cântau la instrumente muzicale. Înghiţitori de săbii, femei bărboase, fraţii indieni cu pielea din cauciuc atârnându-le de pe membre după ce trăgeau de ea.

Când era copil, pe Eddie îl întrista soarta oamenilor de la circ. Erau nevoiți să stea în cabine sau pe scene, uneori chiar în spatele zăbrelelor, în timp ce patronii treceau pe lângă ei, privindu-i chiorâș și arătându-i cu degetul. Doar băieții cu publicitatea făceau zarvă pentru a atrage clienții spre bâlciul ciudățeniilor, iar Eddie auzea acum exact vocea unuia dintre ei.

— *O întorsătură teribilă a sorții l-a transformat într-o ciudățenie care stârnește milă! Iar noi vi l-am adus aici, din cel mai îndepărtat colț al lumii! Intrați să-l vedeți!*

Eddie intră în sala întunecată. Vocea se auzi și mai tare.

— *Acest suflet tragic este victima perversității naturii,* se auzea din cealaltă parte a unei scene.

— *Așa ceva puteți vedea numai și numai aici, la Cei mai ciudați cetățeni ai lumii!*

Eddie trase de cortină.

— *Desfătați-vă ochii cu cel mai neobiș...*

Vocea prezentatorului dispăru. Iar Eddie făcu înapoi câțiva pași, nevenindu-i să-și creadă ochilor.

Singur pe scenă, așezat pe un scaun, se afla un om de vârstă mijlocie, cu umeri înguști, ghebos, dezbrăcat până la brâu. Burta i se revărsa peste curea. Avea părul tuns periuță. Buzele subțiri, fața lungă și uscățivă. Eddie l-ar fi uitat de mult dacă nu ar fi avut o trăsătură atât de aparte: pielea lui era albastră.

— Bună, Edward, spuse omul. Te așteptam.

Prima persoană pe care Eddie o întâlnește în rai

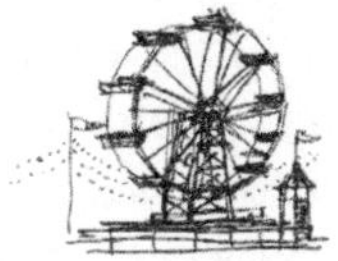

— NU-ȚI FIE TEAMĂ, SPUSE OMUL ALBASTRU ridicându-se încet de pe scaun. Nu-ți fie teamă.

Avea o voce liniștitoare, dar Eddie continua să se holbeze. Abia îl cunoștea pe omul acesta. De ce-l vedea tocmai acum? Era ca-n vis, când îți apare un chip și a doua zi dimineață zici „n-o să ghicești niciodată pe cine am visat azi-noapte."

— Simți că ai trupul unui copil, nu-i așa?

Eddie încuviință dând din cap.

— Pentru că erai copil când m-ai întâlnit, de-aia. Așa începe, cu ce simțeai atunci.

Ce să înceapă? se întrebă Eddie în gând.

Omul Albastru își ridică bărbia. Pielea sa avea o culoare grotescă, mov spre gri-închis, ca afinele. Degetele îi erau încrețite. Ieși. Eddie îl urmă. Parcul era pustiu. Plaja era pustie. Rămăseseră singurii oameni de pe planetă?

— Ia spune-mi, zise Omul Albastru indicând spre roller-coaster-ul cu două bucle, construit din lemn, care se vedea în depărtare.

The Whipper. Fusese construit în anii 1920, înaintea sistemului cu role laterale și inferioare, ceea ce însemna că vagoanele nu puteau porni foarte repede, asta dacă nu voiai să zboare de pe șine.

— The Whipper. Este în continuare cel mai rapid din lume?

Eddie privi vechitura, demolată cu ani în urmă. Clătină din cap.

— Ah, zise Omul Albastru, mă gândeam eu. Pe aici lucrurile nu se schimbă. Și nici nu poți trage cu ochiul în jos, printre nori, din păcate.

Aici? se întrebă Eddie în gând.

Omul Albastru zâmbi de parcă auzise întrebarea. Îl atinse pe Eddie pe umăr, iar Eddie simți un val de căldură cum nu mai simțise vreodată până atunci. Gândurile începură să se reverse, ca și cum ar fi vorbit cu adevărat.

Cum am murit?

— Un accident, zise Omul Albastru.

De cât timp sunt mort?

— Un minut. O oră. O mie de ani.

Unde mă aflu?

Omul Albastru își țuguie buzele, apoi repetă întrebarea gânditor.

— Unde te afli?

Se întoarse și ridică brațele. Dintr-odată, toate atracțiile din vechiul Ruby Pier se puseră în mișcare. Roata panoramică se învârtea, mașinuțele bușitoare Dodgem Cars se ciocneau una de alta, roaller-coaster-ul Whipper porni pe șine, iar căluții de la Caruselul Parizian începură să salte pe stâlpii lor din alamă în ritmul muzicii orgii Wurlitzer. În fața lor se afla oceanul. Cerul era de culoarea limonadei.

— Tu unde crezi? întrebă Omul Albastru. În rai.

— *NU!*

EDDIE CLĂTINĂ violent din cap.

— *NU!*

Omul Albastru păru amuzat.

— Nu? Nu poate fi raiul? spuse. De ce? Pentru că aici ai crescut?

Eddie mimă din buze că da.

— Ah. Omul Albastru încuviință. Ar trebui să știi că oamenii desconsideră adesea locul în care s-au născut. Dar paradisul se poate afla în cele mai neașteptate locuri. Și are mai multe niveluri. Pentru mine, acesta este al doilea. Pentru tine, este primul.

Îl conduse pe Eddie prin parc, trecând pe lângă tutungerii, și chioșcuri care vindeau cârnați, și jucători de alba-neagra, unde fraierii își lăsau ultimii bănuți.

În rai? se întrebă Eddie în gând. Pfui, ridicol! Își petrecuse cea mai mare parte a vieții sale de adult încercând *să scape* de Ruby Pier. Nu era decât un parc de distracții, atâta tot, un loc unde urlai și te stropeai și-ți cheltuiai banii pe păpuși Kewpie. Gândul că acesta ar fi putut fi un loc binecuvântat în care să-ți găsești pacea era dincolo de orice imaginație.

Încercă din nou să vorbească și de data asta din piept îi ieși un mormăit. Omul Albastru se întoarse.

— O să-ți revină vocea. Toți trecem prin asta. Nu poți vorbi de îndată ce ai sosit. Zâmbi. Așa înveți să asculți.

— ÎN RAI ÎNTÂLNEȘTI CINCI PRIETENI, spuse brusc Omul Albastru. Fiecare dintre noi a trecut prin viața ta dintr-un motiv. Probabil că pe atunci nu știai exact de ce. Pentru asta există raiul. Ca să-ţi înţelegi viaţa pe pământ.

Eddie părea nedumerit.

— Oamenii îşi imaginează raiul ca pe o grădină, un loc unde pot zbura printre nori sau lenevi, cu râuri şi munţi. Dar un peisaj care nu aduce consolare nu are niciun sens. Acesta însă este cel mai mare dar de la Dumnezeu: să înţelegi sensul vieţii pe care ai trăit-o. Să-ţi fie explicată. Ca să-ţi găseşti pacea pe care o căutai.

Eddie tuşi, încercând să-şi regăsească vocea. Se săturase să nu poată vorbi.

— Eu sunt primul om de pe lista ta de cinci prieteni, Edward. Când am murit, alţi cinci prieteni m-au ajutat să desluşesc sensul vieţii mele, apoi am venit aici să te aştept, la rândul meu, pe tine, ca să-ţi spun povestea mea, care devine parte din a ta. Vor mai fi şi alţii pentru tine. Unii cunoscuţi, alţii poate nu. Însă drumul fiecăruia dintre ei s-a intersectat cu al tău înainte de a muri. Şi l-au schimbat pentru totdeauna.

Eddie scoase un sunet din piept cu toată puterea de care era în stare.

— Cum... reuşi, în sfârşit, să croncăne.

Vocea lui parcă ecloza, ca un pui ieşind din coaja oului.

— Cum... ai...?

Omul Albastru aştepta răbdător.

— Cum... ai... murit?

Omul Albastru păru un pic surprins. Zâmbi spre Eddie.

— Tu m-ai omorât, spuse.

Azi este ziua de naştere a lui Eddie

Are şapte ani şi a primit cadou o minge de baseball. O strânge în fiecare mână, simţind cum un val de forţă îi urcă pe braţe. Îşi imaginează că este unul dintre eroii săi din albumul de colecţie cu abţibilduri Cracker Jack, poate însuşi Walter Johnson, marele aruncător.

— Aici, arunc-o, îi spune fratele său Joe.

Aleargă pe faleză, dincolo de ghereta unde, dacă nimereai şi dărâmai trei sticle verzi, primeai o nucă de cocos cu pai în ea.

— Haide, Eddie! spune Joe. Dă pasă!

Eddie se opreşte şi se imaginează pe stadion. Aruncă mingea. Fratele său îşi apropie coatele de corp şi se apleacă.

— Prea tare! urlă Joe.

— Mingea mea! strigă Eddie. Ce naiba, mă, Joe!

Eddie o vede îndepărtându-se pe alee şi lovind apoi un stâlp, rostogolindu-se într-o rarişte, în spatele corturilor circului. Fuge după ea. Joe îl urmează. Se trântesc la pământ.

— O vezi? întreabă Eddie.

— Nu, n-o văd.

Îi întrerupe un fâşâit de prelată. Unul dintre corturi se deschide. Eddie şi Joe ridică privirea. Văd o femeie foarte grasă şi un bărbat gol până la brâu, acoperit cu păr roşiatic. Ciudaţi de la bâlciul ciudăţeniilor.

Copiii încremenesc.

— Ce căutați p-aci, isteților? spune bărbatul păros cu un rânjet. Vă mănâncă spinarea? Vreți să vă scarpin?

Lui Joe îi tremură bărbia. Începe să plângă. Sare în picioare și o rupe la fugă, dând disperat din brațe. Eddie se ridică, apoi vede mingea pe capra de tăiat lemne. Se apropie ușor să o ia de-acolo, fără să-l piardă din ochi pe omul păros.

— E a mea, se bâlbâie.

Apoi o înșfacă și fuge după fratele său.

— ASCULTĂ, DOMNULE, spuse Eddie răgușit, nu eu te-am omorât, e clar? Nici măcar nu te cunosc.

Omul Albastru se așezase pe o bancă. Zâmbea ca și cum ar fi încercat să-l facă pe musafirul său să se simtă bine. Eddie rămase în picioare, în defensivă.

— Permite-mi să mă prezint, spuse Omul Albastru. Am fost botezat Joseph Corvelzchik, sunt fiul unui croitor dintr-un mic sat polonez. Am venit în America în 1894. Pe-atunci eram doar un copil. Când eram pe navă, mama m-a luat în brațe și m-a ținut dincolo de balustradă, iar această imagine a devenit prima mea amintire din copilărie: mama legănându-mă în briza lumii noi. Bani n-aveam, la fel ca cei mai mulți dintre imigranți. Dormeam pe o saltea în bucătăria unchiului meu. Tata a fost obligat să se angajeze la un atelier; cosea nasturi la paltoane. Când am făcut zece ani, m-a scos de la școală și m-a angajat unde lucra el.

Eddie privea chipul ciupit de vărsat al Omului Albastru, buzele sale subțiri, pieptul lăsat. *De ce mi-o fi spunând mie toate astea?* se întrebă în gând.

— Eram un copil cu nervii fragili, așa mi-era firea, iar zgomotul de la atelier nu făcea decât să înrăutățească lucrurile. Eram prea mic să mă aflu acolo, printre toți bărbații aceia care înjurau și se văicăreau. „Dacă apare șefu' ", mi-a zis tata, „pleacă-ți privirea. Să nu te remarce." Odată însă m-am împiedicat și am dărâmat un sac de nasturi, care s-au vărsat pe jos. Șeful a început să țipe, că nu sunt bun de nimic, un copil bun de nimic și că trebuie să dispar de-acolo. Parcă văd și acum, tata rugându-se de el ca un cerșetor, șeful rânjind sarcastic și ștergându-și nasul cu dosul palmei. Am simțit că mi se întoarce stomacul pe dos. Apoi am simțit ceva ud scurgându-mi-se pe picior. Am privit în jos. Șeful a râs, arătând cu degetul spre pantalonii mei uzi, și ceilalți muncitori i s-au alăturat. De atunci, tata a refuzat să mai vorbească cu mine. Simţeam că-l făcusem de râs şi, probabil, în lumea lui, aşa era. Iar taţii îşi pot distruge fiii şi, într-un fel, cred că de atunci m-a distrus. Dintr-un copil cu nervii fragili m-am transformat într-un adult cu nervii fragili. Mai rău de atât, încă făceam pe mine noaptea. Dimineaţa, mă furişam cu cearşafurile ude şi le puneam la înmuiat. Însă într-o dimineaţă, când mi-am ridicat privirea, tata era acolo. Văzuse aşternuturile ude, apoi s-a uitat la mine într-un fel pe care nu-l voi uita niciodată, de parcă şi-ar fi dorit să rupă orice legătură dintre noi.

Omul Albastru se opri. Pielea sa, care părea înmuiată într-un lichid albastru, făcea mai multe pliuri în jurul brâului. Eddie nu se putea abţine să se uite.

— N-am fost dintotdeauna o ciudăţenie, spuse. Dar pe vremurile acelea medicina era destul de primitivă. M-am dus la un farmacist, să caut un leac pentru problema mea cu nervii. Mi-a dat o sticlă de azotat de argint şi mi-a zis să-l amestec cu apă şi să-l iau în fiecare seară. Azotat de argint. Cu timpul, avea să fie clasificat drept otravă. Dar alt leac nu aveam şi, când am văzut că nu îşi făcea efectul, m-am gândit că probabil doza pe care o luam era prea mică. Aşa că am mărit-o. Luam câte două guri, uneori chiar trei, fără apă. Curând, oamenii au început să mă privească ciudat. Pielea mea devenise de culoarea cenuşii. Mi-era ruşine şi eram tulburat. Am înghiţit şi mai mult azotat de argint, până când pielea mea, din cenuşie, a devenit albastră. Un efect secundar al otrăvii.

Omul Albastru făcu o pauză. Vocea i se frânse.

— Am fost dat afară de la fabrică. Şeful zicea că-i sperii pe ceilalţi muncitori. Ce să pun pe masă fără un loc de muncă? Unde să trăiesc? Am găsit o cârciumă întunecată. Acolo mă puteam ascunde, îmbrăcat cu un palton și o pălărie pe cap. Într-o seară, a apărut un grup de oameni de la caravana unui circ. Fumau trabucuri. Râdeau. Unul dintre ei, un tip firav, cu un picior din lemn, se tot uita la mine. În cele din urmă, s-a apropiat. Înainte ca seara să se sfârșească, acceptasem să mă alătur circului. Așa se face că am început să-mi trăiesc viața ca marfă de vânzare.

Eddie remarcă privirea resemnată de pe fața Omului Albastru. Se întrebase adesea cum își alegeau cei de la circ personajele. Și bănuia că în spatele fiecăruia dintre ele se afla o poveste tristă.

— La circ mi-au dat diferite nume, Edward. Uneori, eram Omul Albastru de la Polul Nord, sau Omul Albastru din Algeria, sau Omul Albastru din Noua Zeelandă. N-am fost niciodată prin locurile acelea, bineînțeles, dar era plăcut să fii considerat exotic, chit că era doar o reclamă. „Spectacolul" era simplu. Nu trebuia decât să stau pe scenă, așezat pe un scaun. Lumea se perinda prin fața mea în timp ce prezentatorul le povestea cât eram de jalnic. Făcând asta, reușeam să-mi câștig existența. O dată, managerul m-a numit „cea mai atrăgătoare ciudățenie" din colecția sa și, oricât de trist poate suna asta, pentru mine a fost motiv de mândrie. Când ești un paria, și piatra care te lovește este un compliment. Într-o iarnă, am ajuns aici. La Ruby Pier. Creaseră un spectacol intitulat *Cetățeni ciudați*. Îmi plăcea ideea de a mă stabili într-un loc, de a scăpa de căruțele care mă zdruncinau și de caravanele circului. Locul acesta a devenit acasă. Trăiam într-o cameră deasupra unui magazin de cârnați. Noaptea jucam cărți cu ceilalți angajați de la circ, cu tinichigii, uneori chiar și cu tatăl tău. Dimineața devreme, dacă purtam pantaloni lungi și-mi acopeream capul cu un prosop, ceva, mă puteam plimba pe plajă fără să-i sperii pe oameni. Poate părea puțin, dar pentru mine era o libertate nesperată.

Se opri. Îl privi pe Eddie.

— Înţelegi? Înţelegi de ce suntem aici? Acesta nu este raiul *tău*. Este raiul meu.

HAI SĂ LUĂM O POVESTE şi să o privim din două unghiuri diferite.

Să zicem că suntem în iulie, pe la sfârşitul anilor 1920, într-o duminică dimineaţa. Eddie bate mingea cu prietenii săi. Mingea de baseball primită de ziua lui. Şi că mingea zboară peste capul lui Eddie şi ajunge în stradă. Eddie, îmbrăcat cu nişte pantaloni cărămizii şi un chipiu din lână pe cap, aleargă după ea până în faţa unei maşini, un Ford A. Maşina frânează cu zgomot, virează şi trece pe lângă el la mustaţă. Eddie tremură, oftează uşurat, ia mingea şi fuge înapoi la prietenii săi. Nu trece mult şi lasă mingea; copiii pleacă apoi, alergând la sala de jocuri să-şi încerce norocul la Erie Digger, aparatul cu mecanismul-gheară cu care puteai pescui jucării mici.

Acum să privim povestea dintr-un unghi diferit. La volanul Fordului model A se află un bărbat care a împrumutat maşina de la un prieten, să înveţe să conducă. Şoseaua e udă. Dimineaţă plouase. Dintr-odată, o minge de baseball ajunge în stradă şi după ea vine un băieţel, care aleargă să o prindă. Şoferul calcă frâna şi trage de volan. Maşina derapează pe şosea, cauciucurile scârţâie.

Omul reuşeşte cumva să recapete controlul vehiculului şi Fordul îşi continuă drumul. În oglinda retrovizoare se vede băieţelul dispărând, dar bărbatul este încă afectat. Se gândeşte că a fost la un pas de tragedie. Adrenalina îi face inima să-i bubuie tare în piept, iar inima sa nu este una puternică. Se simte sleit de puteri. Ameţeşte şi capul îi cade, doar o clipă. Automobilul evită la mustaţă coliziunea cu un altul. Celălalt şofer claxonează, omul de la volanul Fordului virează din nou, învârtind de volan şi apăsând frâna. Alunecă pe stradă şi ajunge pe o alee. Vehiculul său se răsuceşte şi loveşte partea din spate a unui camion parcat. Se aude o izbitură. Farurile se sparg. Impactul îl izbeşte pe om de volan. Îi sângerează fruntea. Coboară din maşină, vede dauna, apoi leşină. Braţul îi zvâcneşte. Are dureri în piept. E duminică dimineaţă. Pe alee nu e nimeni. Nu-l vede nimeni acolo, căzut, lângă maşină. Sângele din arterele coronare nu-i mai ajunge la inimă. Trece o oră. Îl găseşte un poliţist. Medicul legist îl declară mort. Trece pe fişă cauza morţii: atac de cord. Nu există rude cunoscute.

Hai să luăm o poveste şi să o privim din două unghiuri diferite. Ziua e una şi aceeaşi, la fel şi momentul, dar, privind într-o parte, vedem un final fericit, un băieţel cu pantaloni cărămizii introducând monede în maşinăria Erie Digger; de cealaltă parte a poveştii, la o morgă din oraş, un angajat îşi cheamă colegul să vadă şi el ciudăţenia: noul sosit are pielea albastră.

— Înţelegi acum? şopti Omul Albastru, încheindu-şi povestea. Băieţelule?

Pe Eddie îl trecu un fior.

— O, nu, zise în şoaptă.

Azi este ziua de naștere a lui Eddie

Are opt ani. Stă pe marginea unei canapele în carouri, bosumflat, cu brațele încrucișate. Mama sa, aplecată la picioarele lui, îi leagă șireturile. Tatăl său, în fața oglinzii, își aranjează cravata.

— NU VREAU să vin, spune Eddie.

— Știu, răspunde mama sa, dar trebuie să mergem. Uneori, când se întâmplă lucruri triste, ai datoria să faci ce trebuie făcut.

— Dar AZI E ZIUA MEA!

Eddie privește în jur cu o moacă tristă. Într-un colț se află setul său Mecano și o structură din plăcuțe metalice înșurubate, cu trei roți mici din cauciuc. Eddie reușise să construiască un camion. E priceput la montat chestii. Sperase să-l poată arăta prietenilor săi, la petrecerea de ziua lui. Dar, în loc de asta, trebuia să meargă nu știu unde, gătit tot. Nu-i corect, *se gândi.*

Fratele său, Joe, îmbrăcat în pantaloni din lână și cu papion la gât, intră cu o mănușă de baseball pe mâna stângă. Dă cu putere un pumn în ea. Se strâmbă la Eddie.

— Ăia sunt pantofii mei vechi, zice Joe. Ăștia noi sunt mai faini.

Eddie tresare. Urăște faptul că trebuie să poarte lucrurile vechi ale lui Joe.

— Nu mai da din picioare, spune mama lui.

— Dar MĂ DOARE, se vaită Eddie.

— Încetați! strigă tatăl său.

Îi aruncă o privire lui Eddie. Băiatul amuțește.

La cimitir, Eddie aproape că nu-i recunoaște pe oamenii de la parcul de distracții. Bărbații, care de obicei purtau haine din lamé auriu și turbane roșii, acum sunt îmbrăcați în costume negre, ca al tatălui său. Femeile parcă au toate aceeași rochie neagră; unele și-au acoperit fața cu un voal.

Eddie privește cum un bărbat aruncă pământ cu lopata într-o groapă. Acesta spune ceva despre rămășițe pământești. Eddie o ține pe mama sa de mână și mijește ochii la soare. Ar trebui să se simtă trist, dar, în secret, numără în gând începând de la 1 și sperând că, după ce va ajunge la 100, se va putea întoarce la petrecerea de ziua lui.

Lecția numărul unu

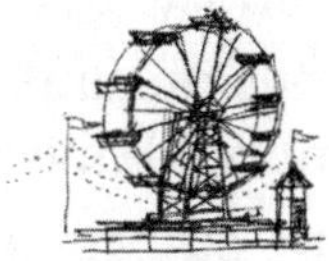

— DOMNULE, VĂ ROG... SE APĂRĂ EDDIE. NU AM ȘTIUT. Vă rog să mă credeți... Dumnezeu mi-e martor, nu am știut!

Omul Albastru încuviință.

— Nu aveai de unde să știi. Erai prea mic.

Eddie se dădu înapoi. Își îndreptă corpul, de parcă s-ar fi pregătit de luptă.

— Dar acum trebuie să plătesc, zise.

— Să plătești?

— Pentru păcatul meu. De-asta mă aflu aici, nu? Ca să fiu judecat.

Omul Albastru zâmbi.

— Nu, Edward. Ești aici ca să te învăț ceva. Fiecare persoană pe care o vei întâlni aici te va învăța ceva.

Eddie era sceptic. Rămase cu pumnii încleștați.

— Ce?

— Că nu există fapte aleatorii. Că suntem cu toții conectați unul cu celălalt. Că nicio viață nu se poate separa de alte vieți, așa cum nu poți separa marea de valurile sale.

Eddie clătină din cap.

— Ne jucam cu *mingea*. Am făcut o prostie că am fugit așa după ea. De ce să mori tu din cauza *mea*? Nu-i *drept*!

Omul Albastru întinse mâna.

— Viața și moartea nu sunt guvernate de dreptate. Dacă ar fi așa, nu ar muri de tineri oameni buni.

Își întoarse mâna cu palma în sus și, dintr-odată, se aflară într-un cimitir, în spatele unui grup mic de persoane îndoliate. Un preot citea dintr-o Biblie lângă un mormânt. Eddie nu putea vedea chipurile oamenilor, doar spatele pălăriilor și rochiilor și costumelor bărbătești.

— Înmormântarea mea, zise Omul Albastru. Vezi persoanele acestea îndoliate? Unii nici măcar nu mă cunoșteau bine și, cu toate astea, au venit. De ce? Te-ai întrebat vreodată? De ce oamenii se strâng laolaltă când moare cineva? De ce simt că așa trebuie să facă? Pentru că sufletul omului știe, undeva, în adâncul său, că toate viețile se intersectează. Că atunci când moartea ia pe cineva, lasă pe altcineva în viață și că, în spațiul acela mic dintre a fi luat sau a nu fi luat, viețile se schimbă. Spui că ar fi trebuit să mori tu, nu eu. Și în cazul meu au murit alții pentru ca eu să-mi trăiesc timpul pe pământ. Se întâmplă asta în fiecare zi. Când fulgerul cade la o secundă după ce tu ai plecat de-acolo, când se prăbușește un avion în care ar fi trebuit să te afli și tu. Când se îmbolnăvește colegul tău, nu tu. Credem că lucrurile acestea sunt aleatorii, când, de fapt, este o chestiune de echilibru. Unul se ofilește, altul crește. Și nașterea, și moartea sunt parte a aceluiași întreg. De aceea ne simțim atrași de copii...

Se întoarse spre persoanele care erau prezente la înmormântare.

— Și de înmormântări.

Eddie privi din nou spre grupul strâns în jurul mormântului. Se întrebă dacă o fi avut și el parte de înmormântare. Se întrebă dacă se dusese cineva la înmormântarea lui. Văzu preotul citind din Biblie și pe cei prezenți plecându-și capetele. Era ziua în care fusese îngropat Omul Albastru, cu ani și ani în urmă. Eddie fusese acolo, un băiețel care se foia în timpul ceremoniei, fără să-și dea seama de rolul pe care-l jucase în acea tragedie.

— Tot nu înțeleg, șopti. La ce bună moartea ta?

— Am murit eu pentru ca tu să poți trăi.

— Dar nici măcar nu ne știam bine. Puteam foarte bine să fiu un străin.

Omul Albastru își puse brațele pe umerii lui Eddie. Acesta se simți cuprins de o senzație de căldură, de duioșie.

— Străinii, zise Omul Albastru, nu sunt altceva decât oameni dragi pe care încă nu i-ai cunoscut.

SPUNÂND ACESTEA, Omul Albastru îl trase pe Eddie în brațe. Dintr-odată, Eddie se simți cuprins de toate sentimentele pe care le experimentase Omul Albastru în viața lui: singurătatea, rușinea, nervozitatea, atacul de cord. Intrară în el, apoi se închiseră ca într-un sertar.

— Te las, îi susură Omul Albastru la ureche. Pentru mine, acest nivel al raiului se încheie aici. Dar tu mai ai alți oameni de întâlnit.

— Aşteaptă, spuse Eddie retrăgându-se. Mai spune-mi un singur lucru. Am salvat-o pe fetiţă? În parcul de distracţii. Am salvat-o?

Omul Albastru nu răspunse. Eddie se prăbuşi.

— Atunci moartea mea a fost inutilă, exact ca viaţa mea.

— Nicio viaţă nu este inutilă, spuse Omul Albastru. Singurul timp irosit este acela în care ne credem singuri.

Păşi în spate, spre mormânt, şi zâmbi. Şi-n timp ce făcea asta, culoarea pielii sale se schimbă în cea mai frumoasă nuanţă de caramel, netedă şi lipsită de defecte. Era cea mai perfectă piele pe care o văzuse în viaţa lui, se gândi Eddie.

— Stai! strigă Eddie, dar se trezi ridicat în aer, departe de cimitir, planând deasupra marelui ocean cenuşiu.

Sub el, văzu acoperişurile bătrânului parc Ruby Pier, spiralele şi turlele, steagurile fluturând în vânt.

Apoi dispăru.

DUMINICĂ, ORA 15.00

În parcul de distracţii, mulţimea se adunase în jurul dezastrului de la Freddy's Free Fall. Femeile în vârstă îşi ţineau mâinile la gură. Mamele îşi trăseseră copiii aproape de ele. Mai mulţi bărbaţi robuşti se băgaseră în faţă, vrând parcă să facă ceva, dar odată ajunşi acolo, rămâneau şi se uitau, neputincioşi ca toţi ceilalţi. Soarele cobora, înteţind umbrele. Oamenii îşi protejau ochii cu mâinile, ca într-un salut milităresc.

Cât de grav este? susurau. Dominguez îşi făcu loc cu forţa din spatele mulţimii, cu chipul înroşit şi cămaşa de la uniformă udă fleaşcă. Văzuse carnagiul.

— Nu, Eddie, nu, gemu ţinându-şi capul în mâini.

Sosiră oamenii de la pază. Împinseră mulţimea mai în spate. Dar apoi rămaseră şi ei cu mâinile în şolduri, la fel de neputincioşi, în aşteptarea ambulanţelor. Era ca şi cum toţi, mamele, taţii şi copiii, cu paharele lor uriaşe de suc în mâini, erau hipnotizaţi de ceea ce vedeau, nu puteau să nu privească şi nici să plece. La picioarele lor vedeau Moartea. Era ca o muzică de carnaval transmisă prin difuzoarele parcului.

Cât de grav este? Se auziră sirene. Sosiră oameni în uniformă. Zona fu împrejmuită cu bandă galbenă. Toate atracţiile îşi închiseră obloanele. Caruselele se închiseră pe o perioadă nedeterminată. Vestea circulase dintr-un capăt în celălalt al plajei. Până la apus, parcul Ruby Pier devenise pustiu.

Azi este ziua de naştere a lui Eddie

Din dormitor, chiar şi cu uşa închisă, Eddie poate simţi mirosul friptурii de vită pe care mama lui o pregăteşte la grătar, cu ardei verzi şi ceapă roşie dulce; e un miros puternic, ca de lemn, pe care-l adoră.

— Eddd-deee! strigă ea din bucătărie. Unde eşti? A venit toată lumea!

Se rostogoleşte din pat, lăsând deoparte revista cu benzi desenate. Azi a împlinit 17 ani, e prea mare să citească aşa ceva, dar încă îi place ideea: eroi coloraţi, precum Phantom, care se luptă cu oameni răi ca să salveze lumea. Le dăruise colecţia lui verilor adolescenţi care emigraseră din România cu câteva luni înainte. Familia lui Eddie i-a aşteptat la docuri şi apoi i-a găzduit în dormitorul pe care Eddie îl împărţea cu fratele său Joe. Verii nu ştiau engleză, dar le plăcuseră benzile desenate. Aşa, Eddie avea o scuză să nu le arunce.

— A venit sărbătoritul, spune mândră maică-sa când Eddie intră în încăpere.

Este îmbrăcat cu o cămaşă albă şi-n jurul gâtului musculos poartă o cravată albastră. Musafirii îl întâmpină salutându-l în cor, ridicând paharele cu bere. Au venit rude, prieteni şi angajaţi de la parc. Tatăl lui Eddie joacă o partidă de cărţi într-un colţ, înconjurat de un nor mic de fum de trabuc.

— Mamă, ghici ce? zice Joe în gura mare. Eddie a întâlnit o fată aseară.

— Ooooo. Aşa e?

Eddie simte că sângele începe să-i clocotească.

— Mda.

— Și-a zis că o ia de nevastă.

— Tacă-ți fleanca, Joe, spune Eddie.

Dar Joe îl ignoră.

— Ba nu! A intrat în cameră cu ochii bulbucați și-a zis: „Joe, am întâlnit-o pe fata cu care o să mă însor!"

Eddie clocotește de furie.

— Taci, am zis!!

— Eddie, cum o cheamă? întreabă cineva.

— Merge la biserică?

Eddie se îndreaptă spre frate-su și-i trage un pumn în braț.

— Auuuuu!

— Eddie!

— Ți-am zis să taci!

— Și-a și dansat cu ea la Stard...! adaugă pe nerăsuflate Joe.

Poc!

— Auuu!

— TACI, MĂ!!

— Eddie! Încetează!

Când cei doi frați se năpustesc unul asupra celuilalt, își ridică ochii până și verii din România (se vede că înțeleg când e vorba de bătaie) și eliberează canapeaua; tatăl lui Eddie lasă trabucul și urlă:

— Încetați până nu vă trosnesc pe amândoi!

Cei doi frați se despart, gâfâind și aruncându-și priviri feroce. Rudele mai în vârstă zâmbesc.

— Probabil îi place foarte mult de fata aia, șoptește una dintre mătuși.

Mai târziu, după ce friptura specială s-a mâncat și lumânările de pe tort au fost stinse, iar majoritatea musafirilor au plecat, mama lui Eddie dă drumul la radio. La știri se vorbește despre războiul din Europa; tatăl lui Eddie spune ceva despre cherestea și sârmă de cupru, că se vor găsi mai greu dacă lucrurile se înrăutățesc. Ceea ce ar face imposibilă întreținerea parcului.

— Ce vești îngrozitoare, spune mama lui Eddie. Mai ales într-o zi de naștere.

Răsucește butonul radioului până găsește un post care transmite muzică swing; zâmbește și începe să fredoneze. Apoi se duce la Eddie, care, trântit în fotoliul său, mănâncă ultima bucată de tort. Își scoate șorțul, îl împăturește și-l pune pe un scaun, apoi îl ia pe Eddie de mâini și îl ridică.

— Arată-mi și mie cum ai dansat cu noua ta prietenă, spune.

— Hai, măi, mamă...

— Haide!

Eddie stă țeapăn ca în fața plutonului de execuție. Fratele său se hlizește. Dar mama lor, cu chipul ei frumos, rotund, continuă să fredoneze, făcând pași înainte și-napoi, până când Eddie îi urmează exemplul.

— Naaa nananan naaaa, cântă ea odată cu melodia de la radio... când ești cu mine... na naaa... stelele și luna... na naaa na... în iunie.

Dansează prin cameră până când Eddie cedează și izbucnește în râs. Este deja mai înalt decât maică-sa cu un cap, dar ea îl răsucește cu ușurință.

— Așa deci, spune ea în șoaptă. Zici că-ți place fata aia?

Eddie pierde ritmul.

— Stai liniștit, spune ea. Îmi pare bine pentru tine.

Se învârt până la masă, iar mama lui Eddie îl apucă pe Joe și îl ridică.

— Acum dansați voi doi.

— Cu el?!!!

— Mamă!!

Dar ea insistă și ei cedează, iar în curând Joe și Eddie râd și se împleticesc în ritmul muzicii. Își unesc mâinile și se mișcă, aplecându-se și ridicându-se, în cercuri exagerate. Se-nvârt și se-nvârt în jurul mesei, spre amuzamentul mamei lor, în timp ce sunetul de clarinet se aude la radio, iar verii din România aplaudă și ultima bucățică de friptură se face nevăzută.

A doua persoană pe care Eddie o întâlnește în rai

EDDIE SIMȚI CĂ PICIOARELE ÎI ATING PĂMÂNTUL. Culoarea cerului se schimbase iar, de la albastru cobalt la gri cărbune. Acum Eddie era înconjurat de copaci căzuți și de moloz înnegrit. Își pipăi brațele, umerii, pulpele și coapsele. Se simțea și mai puternic decât înainte, dar când încercă să-și atingă degetele picioarelor, nu mai reuși. Elasticitatea se dusesc. Nu se mai simțea ca un copil, de parcă n-ar fi avut oase. Fiecare mușchi din corpul său era întins ca o coardă de pian.

Privi în jur la terenul lipsit de viață. Pe un deal din apropiere se aflau o căruță răsturnată și resturi putrezite de animal. Eddie simți un vânt fierbinte pe față. Cerul explodă într-un galben strălucitor.

Și, din nou, Eddie o luă la fugă.

Dar de data asta alerga diferit, cu pași grei, de soldat. Auzi un tunet, sau ceva care semăna a tunet, explozii și bubuituri de bombe; instinctiv, se aruncă la pământ, pe burtă, și începu să meargă târâș. Cerul se despică și-ncepu să toarne, era o ploaie maronie și deasă. Eddie își lăsă capul în jos și se târî prin noroi, scuipând apa murdară care-i intra în gură.

Apoi simți cum capul atingea ceva solid. Ridică privirea și dădu cu ochii de o pușcă îngropată în pământ, o cască pusă deasupra și o plăcuță de identificare agățată de patul puștii. Clipind des prin ploaie, apucă plăcuța cu degetele, apoi, înfricoșat, se retrase la adăpostul unui perete de iederă care atârna de un banian masiv. Plonjă în întunericul pe care peretele verde îl crea. Își duse genunchii la piept, încercând să-și recapete răsuflarea. Frica dăduse de el chiar și în paradis.

Numele de pe plăcuță era al său.

BĂRBAȚII TINERI PLEACĂ LA RĂZBOI. Uneori pentru că trebuie, alteori pentru că și-o doresc. Cel mai adesea consideră că așa trebuie. Totul se naște din mai multe povești triste, suprapuse, care, de-a lungul secolelor, au dat naștere confuziei că a pune mâna pe arme te face viteaz și a depune armele te face laș.

Când țara sa a intrat în război, Eddie s-a trezit într-o dimineață ploioasă, s-a bărbierit, și-a pieptănat părul pe spate și s-a înrolat. Plecaseră și alții la luptă. Așa că se ducea și el.

Mama lui nu voia să-l lase. Când a aflat vestea, tatăl său și-a aprins o țigară și a scos încet fumul afară.

— Când? a fost tot ce a întrebat.

Dat fiind că nu trăsese în viața lui cu arma, Eddie a început să exerseze la jocurile din parc. În schimbul unui cent, mașinăria zumzăia, apoi apăsai pe trăgaci și împușcai cu bile din metal imagini cu animale din junglă, un leu sau o girafă. Eddie se ducea în fiecare seară, după ce punea frânele la Li'l Folks Miniature Railway. La Ruby Pier adăugaseră o serie de atracţii noi, mai mici, pentru că, după criza economică, roaller-coaster-ul devenise prea scump. Miniature Railway era cam acelaşi lucru, doar că vagoanele erau mult mai mici.

Înainte de a se înrola, Eddie lucrase acolo ca să strângă bani. Voia să studieze inginerie. Scopul său era să ajungă să construiască lucruri, deşi fratele lui, Joe, îi zicea mereu:

— Fii serios, Eddie, nu eşti tu destul de deştept pentru aşa ceva.

Dar, odată cu izbucnirea războiului, industria parcurilor de distracţii se prăbuşise. Acum majoritatea clienţilor lui Eddie erau femei singure cu copii, bărbaţii fiind plecaţi să lupte. Uneori, copiii îl rugau pe Eddie să-i ridice pe umeri, iar când Eddie o făcea, vedea zâmbetele triste ale mamelor: braţele care ridicau copilul nu erau cele care ar fi trebuit să fie, bănuia Eddie. Curând, se gândi el, avea să se alăture acelor bărbaţi aflaţi la distanţă, iar viaţa lui de-acum, în care ungea piese şi trăgea de mânerul frânelor, avea să se încheie. Războiul era chemarea sa spre bărbăţie. Poate că şi lui avea să-i simtă lipsa cineva.

Într-una din ultimele seri, Eddie, aplecat peste puşca de jucărie, se concentra profund asupra ţintei. Pac! Pac! Încercă să-şi imagineze că trăgea într-un inamic real. Pac! Omul scoate vreun zgomot când e împuşcat? Pac! Sau cade, pur şi simplu, la fel ca leii şi girafele? Pac! Pac!

— Te antrenezi să ucizi, băiete?

Mickey Shea stătea în spatele lui Eddie. Avea părul de culoarea îngheţatei franţuzeşti de vanilie şi faţa roşie de la băutură. Eddie ridică din umeri şi se întoarse la treaba lui. Pac! Încă o ţintă nimerită. Pac! Şi-ncă una.

— Hmm, mormăi Mickey.

Eddie ar fi preferat ca Mickey să plece şi să-l lase să-şi vadă de treaba lui. Îl simţea pe bătrânul beţiv în spatele său. Îi auzea respiraţia chinuită, şuierată, pe nas, ca de anvelopă de bicicletă umflată cu pompa.

Eddie continuă să tragă. Deodată, simţi o mână care-l strângea tare de umăr. Îl durea.

— Ascultă-mă, băiete.

Vocea lui Mickey era ca un mârâit slab.

– Războiul nu e o joacă. Dacă trebuie să împuşti pe cineva, îl împuşti, ai înţeles? Fără remuşcări. Fără ezitări. Tragi şi tragi şi nu te gândeşti pe cine împuşti sau omori sau de ce, ai înţeles? Dacă vrei să te-ntorci acasă, tragi şi nu te gândeşti.

Îl strânse şi mai tare de umăr.

— Dacă te gândeşti, eşti mort.

Eddie se întoarse şi se uită la Mickey. Acesta îl pălmui tare pe obraz, iar Eddie ridică pumnul din instinct, să-i dea şi el una. Dar Mickey râgâi, împleticindu-se înapoi. Apoi îl privi pe Eddie de parcă i-ar fi venit să plângă. Pistolul mecanic încetă să bâzâie. Eddie terminase jetoanele.

Bărbaţii tineri pleacă la război, uneori pentru că trebuie, alteori pentru că şi-o doresc. Câteva zile mai târziu, Eddie îşi făcu bagajul şi plecă, lăsând parcul în urma sa.

PLOAIA SE OPRI. Tremurând şi ud, Eddie oftă adânc de sub banian. Dădu perdeaua de iederă la o parte. Puşca şi casca erau încă acolo, înfipte în pământ. Îşi aminti de ce soldaţii făceau asta: pentru a marca mormintele oamenilor căzuţi în luptă.

Se târî în genunchi. Mai jos, în depărtare, dincolo de o culme mică, se vedeau rămășitele unui sat, bombardat și incendiat. Nu rămăsese din el decât moloz. Pentru o clipă, Eddie privi lung, cu gura întredeschisă, mijind ochii să vadă mai bine scena. Simți o durere în piept, ca un om care primise o veste groaznică. Locul acela. Și-l amintea. Îi bântuise visele.

— Variolă, spuse o voce din neant.

Eddie se-ntoarse.

— Variolă. Febră tifoidă. Tetanos. Febră galbenă.

Se auzea de undeva de sus, printre copaci.

— Până la urmă, n-am aflat niciodată ce-i aia febră galbenă. La dracu'! N-am întâlnit niciodată pe cineva care să o fi avut.

Vocea era puternică, avea un accent tărăgănat, sudic și părea răgușită, ca a unui om care țipase ore întregi.

— Mi-am făcut toate vaccinurile, pentru toate bolile astea, și tot am murit aici, sănătos tun.

Copacul banian se scutură. Câteva fructe mici căzură în fața lui Eddie.

— Îți plac merele? întrebă vocea.

Eddie se ridică și își drese glasul:

— Arată-te, spuse.

— Vino sus, zise vocea.

Iar Eddie se cățără în copac, până aproape de vârf. Copacul era înalt cât o clădire de birouri. Ținea picioarele încolăcite de o cracă groasă. Jos, pământul părea departe, departe. Printre ramurile mai mici și frunzele groase de smochin, Eddie reuși să deslușească vag o siluetă de bărbat în uniformă militară. Stătea sprijinit de trunchiul copacului. Fața îi era acoperită de ceva negru precum cărbunele. Ochii îi străluceau, roșii ca niște becuri mici.

Eddie înghiți în sec.

— Căpitane? șopti el. Tu ești?

LUPTASERĂ ÎMPREUNĂ ÎN RĂZBOI. Căpitanul era comandantul lui Eddie. Luptaseră în Filipine și se despărțiseră în Filipine. Eddie nu-l mai revăzuse de atunci. Auzise că murise în luptă.

Apăru un firicel de fum de țigară.

— Ți-au explicat regulile, soldat?

Eddie privi în jos. Vedea că pământul era departe, dar știa că n-avea cum să cadă.

— Am murit, spuse.

— Măcar atâta lucru ai înțeles.

— Și tu ai murit.

— Văd că te-ai prins și de asta.

— Și ești... al doilea om cu care trebuie să mă întâlnesc?

Căpitanul își ridică țigara. Zâmbi de parcă ar fi vrut să spună: „Îți vine să crezi că se fumează aici?" Apoi trase un fum adânc în piept și expiră un mic nor alb.

— Fac prinsoare că nu te-așteptai să fiu eu, așa-i?

EDDIE ÎNVĂȚASE MULTE LUCRURI în timpul războiului. Învățase cum se conduce un tanc. Învățase să se bărbierească folosind apă rece, direct din cască. Învățase să fie atent când trăgea din tranșee, pentru că putea lovi un copac, din care șrapnelul putea să ricoșeze și să-l rănească.

Învățase să fumeze. Învățase să mărșăluiască. Învățase să traverseze un pod făcut din frânghii în timp ce purta pelerină, în spinare un radio, o carabină, o mască de gaze, un trepied pentru o mitralieră, o raniță, iar pe umăr mai multe banduliere. Învățase să bea cea mai proastă cafea din câte gustase vreodată. Învățase câteva cuvinte în alte câteva limbi. Învățase să scuipe departe. Învățase cum urlă de bucurie și de nervi un soldat după ce a supraviețuit primei sale bătălii, cum oamenii se bat pe umeri și zâmbesc de parcă totul s-ar fi terminat (*Putem pleca acasă acum!*) și mai învățase cum soldații sunt cuprinși de depresie după a doua bătălie, pentru că realizează că războiul nu s-a terminat și că mai urmează o bătălie și apoi încă multe altele.

Învățase să fluiere printre dinți. Învățase să doarmă pe pietre. Învățase că râia înseamnă niște acarieni mici care te umplu de mâncărimi când îți intră în piele, mai ales dacă ai purtat aceleași haine murdare timp de o săptămână. Învățase că oasele oamenilor chiar au culoarea albă când se rup și ies prin carne.

Învățase să se roage repede. Învățase în care buzunar să țină scrisorile adresate familiei sale și lui Marguerite, în cazul în care colegii săi de arme l-ar fi găsit mort. Învățase că uneori stai în buncăr și vorbești în șoaptă cu un amic despre cât ți-e de foame, pentru ca, un moment mai târziu, să auzi un fâșâit și să-l vezi pe cel de lângă tine prăbușindu-se la pământ, rezolvând pentru totdeauna problema foamei.

Învățase, după ce un an s-a transformat în doi și apoi doi în aproape trei, că până și cei mai voinici oameni vomită pe pantofi când avionul de transport urmează să-i parașuteze și că până și ofițerii vorbesc în somn în noaptea dinaintea unei bătălii.

Învățase cum să ia un prizonier, dar nu cum să cadă prizonier. Apoi, într-o noapte, pe o insulă din Filipine, grupul său a sfârșit sub foc inamic și s-au împrăștiat pentru a se adăposti. Cerul a luat foc și Eddie l-a auzit pe unul dintre amicii săi jos, într-un șanț, plângând ca un copil şi i-a strigat „Taci odată!", pentru ca apoi să-şi dea seama că bărbatul plângea pentru că deasupra lui stătea un soldat inamic şi-i ţinea puşca la tâmplă. Apoi Eddie a simţit la rândul său ceva rece pe gât: alt soldat inamic stătea în spatele lui.

CĂPITANUL ÎŞI STINSE ŢIGARA. Era mai în vârstă decât oamenii din escadronul lui Eddie, militar de-o viaţă, înalt şi arogant, cu o bărbie proeminentă care-l făcea să semene cu actorii la modă. Era apreciat de majoritatea soldaţilor, deşi era iute din fire şi avea obiceiul de a-ţi urla aşa de aproape de faţă că, practic, îi puteai vedea dinţii deja îngălbeniţi de tutun. Însă căpitanul promisese că „nu va lăsa niciun om în urmă", indiferent de ce se putea întâmpla, iar gândul acesta îi consola pe oamenii săi.

— Căpitane... repetă Eddie, uluit încă.

— Afirmativ.

— Domnule.

— Nu-i nevoie să mi te adresezi aşa. Dar mulţumesc.

— Au trecut... Arătaţi...

— Ca ultima dată când m-ai văzut?

Zâmbi, apoi scuipă dincolo de ramurile copacului. Văzu expresia confuză de pe faţa lui Eddie.

— Ai dreptate. Aici n-ai motiv să scuipi. Nici nu te îmbolnăveşti. Respiraţia rămâne aceeaşi. Iar haleala e ceva de necrezut.

Haleala? Eddie nu pricepea nimic.

— Căpitane, nu ştiu cum să vă zic, dar cred că e o greşeală la mijloc. Încă nu ştiu de ce sunt aici. Am avut o viaţă de nimic, înţelegeţi? Am lucrat la departamentul de întreţinere. Am trăit în acelaşi apartament de ani întregi. Am reparat carusele, roţi panoramice, roaller-coastere și nave spațiale mici și stupide. N-am făcut nimic demn de laudă. Am trăit în derivă. Adică, vreau să zic... Eddie înghiți în sec. De ce sunt aici?

Căpitanul îl privi cu ochii roșii strălucitori, iar Eddie se abținu cu greu să-i pună și cealaltă întrebare, cea care-i stătea pe limbă după tot ce aflase de la Omul Albastru. Îl omorâse tot el și pe căpitan?

— Știi, mă întrebam... spuse căpitanul frecându-și barba cu mâna, au păstrat legătura oamenii din unitatea noastră? Willingham? Morton? Smitty? I-ai mai revăzut?

Eddie își amintea numele. Adevărul era că nu, nu ținuseră legătura. Războiul îi putea apropia pe oameni ca un magnet, dar, tot ca un magnet, îi putea și îndepărta. Tot ce văzuseră, tot ce făcuseră... Uneori, nu voiau decât să uite.

— Ca să fiu sincer, domnule, ne-am cam distanțat. Ridică din umeri. Îmi pare rău.

Căpitanul încuviință dând din cap, de parcă s-ar fi așteptat să audă asta.

— Și tu? Te-ai întors la parcul de distracții unde promiseserăm să mergem cu toții dacă scăpam cu viață din război? Amuzament gratis pentru toți frații de arme? Două fete pentru fiecare dintre noi în Tunelul iubirii? Nu așa ziseseși?

Lui Eddie îi veni să zâmbească. Așa spusese, da. El și toți ceilalți. Dar n-a venit nimeni după ce războiul s-a terminat.

— Da, m-am întors, zise Eddie.

— Și?

— Și... acolo am rămas. Am încercat să plec. Mi-am făcut planuri. Dar nenorocitul ăsta

de picior... Nu știu. Nimic n-a mers.

Eddie ridică din umeri.

Căpitanul îi studie fața. Miji ochii. Tonul vocii îi coborî.

— Încă jonglezi? întrebă.

— MIȘCĂ-TE!...TU... MIȘCĂ-TE! MIȘCĂ-TE!

Soldații inamici urlau și-i împungeau cu baionetele. Eddie, Smitty, Morton, Rabozzo și căpitanul erau împinși ca vitele în jos, pe un deal abrupt, cu mâinile la cap. Obuzele explodau în jurul lor. Eddie văzu o siluetă alergând printre copaci, apoi căzând sub o rafală de gloanțe.

În timp ce mărșăluiau în întuneric, încercă să memoreze imagini: colibe, drumuri, orice detaliu era vital dacă voiau să evadeze. În depărtare se auzea un vuiet de avion. Eddie simți un val subit de disperare, aproape că i se făcu rău. Este tortura mintală a oricărui soldat capturat, aceea de a ști că libertatea e la fel de aproape pe cât e captivitatea. Ce n-ar fi dat să poată face un salt, să apuce aripa avionului și să zboare departe de greșeala aia...

În schimb, și el, și ceilalți erau legați la glezne și la încheieturile mâinilor. Fuseseră împinși într-o baracă din bambus. Barăcile erau înălțate pe piloni, deasupra mocirlei, iar ei au rămas acolo zile, săptămâni, luni, obligați să doarmă pe saci de paie. Își făceau nevoile într-un vas din lut. Noaptea, gărzile inamice se ascundeau sub colibă să asculte ce vorbeau. Însă, odată cu trecerea timpului, le rămăseseră din ce în ce mai puține de spus.

Slăbiseră și erau sleiți de puteri. Li se vedeau coastele, chiar și lui Rabozzo, care fusese un băiat durduliu când se înrolase. Mâncarea lor consta din găluște de orez umplute cu sare și, o dată pe zi, o fiertură maronie în care pluteau niște ierburi. Într-o seară, Eddie scoase o viespe moartă din castronul său. Nu avea aripi. Nu mai mâncă nimeni.

DIN CÂTE SE PĂREA, TEMNICERII LOR NU PREA ŞTIAU CE SĂ FACĂ cu ei. Seara, intrau agitându-şi baionetele sub nasul americanilor, urlând într-o limbă străină, aşteptând apoi răspunsuri. Nu a dus niciodată la nimic.

Erau doar patru, după socoteala lui Eddie, şi căpitanul bănuia că şi ei se rătăciseră de o unitate mai mare şi încercau, aşa cum se întâmplă adesea în războiul adevărat, să supravieţuiască de la o zi la alta. Aveau feţele sfrijite, cu oasele la vedere şi părul negru. Unul dintre ei părea prea tânăr ca să fie soldat. Altul avea cei mai stricaţi dinţi pe care îi văzuse Eddie în viaţa lui. Căpitanul îi poreclise Nebunul Unu, Nebunul Doi, Nebunul Trei şi Nebunul Patru.

— Nu vrem să le ştim numele, spuse. Şi nici ei pe-ale noastre.

Bărbaţii se adaptează la captivitate, unii mai mult, alţii mai puţin. Morton, un tânăr slab, vorbăreţ, din Chicago, se foia ori de câte ori auzea un zgomot afară. Îşi freca bărbia repetând „oh, la dracu', oh, la dracu', oh, la dracu'..." până când se găsea cineva să-l amuţească. Smitty, fiu de pompier, din Brooklyn, era cel mai adesea liniştit, dar părea mereu că înghiţea ceva, îi urca şi cobora tot timpul mărul lui Adam; mai târziu, Eddie avea să afle că-şi sugea limba. Rabozzo, tânărul roşcovan din Portland, Oregon, afişa o expresie impasibilă în timpul orelor de veghe, dar noaptea se trezea adesea strigând „Nu eu! Nu eu!"

Eddie clocotea de furie aproape tot timpul. Cu anxietatea jucătorului de baseball care fusese în tinereţe, îşi lovea întruna, ore în şir, pumnul încleştat în palmă.

Noaptea visa că era din nou în parcul de distracţii, în caruselul Derby Horse, în care cinci clienţi se întreceau până când suna clopoţelul. Se întrecea cu colegii de arme, sau cu fratele său, sau cu Marguerite. Dar apoi visul se schimba, apăreau cei patru Nebuni pe căluţii de lângă el, îmbrâncindu-l şi rânjind.

Anii petrecuţi în aşteptare în parc, vrând să se termine o cursă, să se retragă valurile sau să-i adreseze tatăl său o vorbă, îl învăţaseră pe Eddie arta răbdării. Dar acum voia să evadeze, să se răzbune. Scrâşnea din dinţi, lovea cu pumnul în palmă şi se gândea la toate bătăile la care participase înainte, în vechiul său cartier, ca atunci când îi băgase în spital pe cei doi copii după ce-i bătuse cu capacul coşului de gunoi. Îşi imagina ce le-ar fi făcut temnicerilor dacă ar fi pus mâna pe nişte arme.

Apoi, într-o dimineaţă, prizonierii se treziră în urlete şi sclipiri de baionete; cei patru Nebuni le poruncіră să se ridice, îi legară şi-i duseră într-un puţ. Era întuneric beznă. Pământul era rece. În jurul lor erau târnăcoape, cazmale şi găleţi din metal.

— E o nenorocită de mină de cărbune, spuse Morton.

DIN ZIUA ACEEA, EDDIE ŞI CEILALŢI FURĂ OBLIGAŢI SĂ SAPE în pereţii minei de cărbune ca să pună umărul la efortul de război al inamicului. Unii săpau, unii adunau bucăţile de cărbune din pereţii minei, alţii asigurau tavanul să nu cadă, folosind bucăţi de ardezie aşezate în triunghi. Mai erau şi alţi prizonieri acolo, străini, care nu ştiau engleza şi care-l priveau pe Eddie cu ochi goi. Vorbitul era interzis. Li se dădea o cană de apă la câteva ore. La sfârşitul zilei, chipurile prizonierilor erau negre precum deznădejdea lor, iar grumazul şi umerii pulsau de durere de la atâta stat aplecaţi.

În primele luni de captivitate, Eddie adormea cu poza lui Marguerite în casca proptită de fața lui. Nu prea credea în rugăciune, dar se ruga oricum, cu propriile cuvinte. Ținea socoteala în fiecare seară și spunea: „Doamne, îți închin aceste șase zile dacă îmi dai șase zile cu ea... îți închin aceste nouă zile dacă îmi dai nouă zile cu ea... îți închin aceste șaisprezece zile dacă îmi dai șaisprezece zile cu ea..."

Apoi, în a patra lună, se întâmplă ceva. Rabozzo căpătase o erupție cutanată urâtă și diaree severă. Nu putea înghiți nici măcar o îmbucătură de mâncare. Noaptea, transpira în hainele murdare până le uda leoarcă. Făcea pe el. N-aveau de unde să-i dea haine curate, așa că dormea dezbrăcat până la brâu, iar căpitanul îl învelea cu sacul său.

A doua zi, la mină, Rabozzo abia se ținea pe picioare. Cei patru Nebuni se dovediră neîndurători. Când încetinea, îl împungeau cu bețe ca să sape în continuare.

— Lăsați-l în pace, mârâi Eddie.

Nebunul Doi, cel mai brutal dintre temniceri, îl lovi pe Eddie cu patul baionetei. Acesta se prăbuși la pământ, cu o durere ascuțită între omoplați. Rabozzo mai adună câteva bucăți de cărbune, apoi leșină. Nebunul Doi urlă la el să se ridice.

— E bolnav! zbieră Eddie, chinuindu-se să se ridice.

Nebunul Doi îl lovi din nou.

— Taci, Eddie, șopti Morton. Ți-o zic spre binele tău.

Nebunul Doi se aplecă peste Rabozzo. Îi ridică pleoapele. Rabozzo gemu. Nebunul Doi zâmbi exagerat și imită un gângurit, ca și cum Rabozzo ar fi făcut mofturi copilărești.

— Aaaaa, făcu și-apoi râse.

Râse privindu-l pe fiecare dintre ei, ochi în ochi, să fie sigur că-l vedeau. Apoi scoase pistolul, îl înfipse în urechea lui Rabozzo şi-l împuşcă în cap.

Eddie simţi că se frânge în două. Ochii i se înceţoşară şi creierul îi amorţi. Zgomotul împuşcăturii răsună cu ecou în mină, în vreme ce chipul lui Rabozzo zăcea într-o băltoacă de sânge. Morton îşi puse mâinile la gură. Căpitanul îşi coborî privirea. Nimeni nu făcu nicio mişcare.

Nebunul Doi aruncă pământ cu piciorul peste trupul lui Rabozzo, apoi îl privi pe Eddie şi scuipă la picioarele lui. Urlă ceva la Nebunul Trei şi Nebunul Patru, care păreau la fel de năuciţi ca prizonierii. Preţ de un moment, Nebunul Trei clătină din cap şi murmură ceva care suna a rugăciune; îşi coborâse pleoapele, mişcându-şi buzele furios. Dar Nebunul Doi flutură din armă şi urlă din nou; Nebunul Trei şi Nebunul Patru ridicară încet trupul lui Rabozzo de picioare şi-l târâră aşa pe pământul din mină, lăsând în urmă o dâră roşie de sânge care, din cauza întunericului, arăta ca o scurgere de ulei. Îl aruncară peste un zid, lângă un târnăcop.

Din ziua aceea Eddie încetă să se roage. Sau să mai numere zilele. El şi căpitanul nu vorbeau decât despre evadare. Trebuiau s-o facă, altfel îi aştepta aceeaşi soartă. Căpitanul considera că efortul de război al inamicului atinsese disperarea, de aceea aveau nevoie de fiecare prizonier, indiferent că era pe jumătate mort, pentru a săpa la cărbune. În mină erau din ce în ce mai puţini, pe zi ce trecea. Noaptea, Eddie auzea bombardamente; păreau din ce în ce mai aproape. Dacă lucrurile se înrăutăţeau, socotea căpitanul, temnicerii lor aveau să se retragă, distrugând totul în urma lor. Văzuse şanţuri săpate dincolo de barăcile prizonierilor şi butoaie mari cu petrol sus, pe dealul abrupt.

— Vor folosi petrolul pentru a distruge orice urmă, șopti căpitanul. Ne sapă mormintele.

TREI SĂPTĂMÂNI MAI TÂRZIU, sub un cer cu o lună acoperită de ceață, în baracă era de pază Nebunul Trei. Avea două pietre mari, cam de dimensiunea cărămizilor, cu care încerca să jongleze, de plictiseală. Le tot scăpa, apoi le ridica, le arunca sus și iar le scăpa. Eddie, murdar tot de cenușă neagră, îl urmărea, enervat de zgomotul pietrelor care cădeau. Încercase să doarmă, dar acum se ridică încet. Totul devenise clar. Simți cum nervii i se reactivau.

— Căpitane... șopti. Ne mișcăm acum?

Căpitanul își înălță capul.

— Ce-ai în minte?

— Pietrele.

Eddie indică spre gardian cu capul.

— Ce-i cu ele? întrebă căpitanul.

— Știu să jonglez, zise Eddie încet.

Căpitanul miji ochii.

— Ce?

Dar Eddie striga deja la gardian:

— Hei! Tu! Nu așa se face. Făcu o mișcare circulară cu mâinile. Ci așa. Cum ți-am arătat. Dă-ncoa'.

Întinse mâinile.

— Știu să jonglez. Dă-ncoa'.

Nebunul Trei îl privi prudent. Dintre toți gardienii, cu el avea cele mai multe șanse, socoti Eddie. Nebunul Trei le mai dăduse prizonierilor pe ascuns bucăți de pâine, aruncându-le prin gaura din baracă, ce servea drept fereastră. Eddie își mișcă iar mâinile circular și zâmbi. Nebunul Trei se apropie, se opri, se întoarse să-și ia baioneta, apoi îi dădu pietrele lui Eddie.

— Uite-așa, spuse Eddie și începu să jongleze cu dexteritate.

Învățase de când avea șapte ani, de la un circar italian care jongla cu șase farfurii deodată. Eddie petrecuse nenumărate ore practicând pe faleză, cu pietre, bile din cauciuc, orice găsea. Nu era mare lucru. Aproape toți copiii de la debarcader știau să jongleze.

Dar acum Eddie jongla cu furie și iuțeală, impresionându-l pe gardian. Apoi se opri, cu pietrele în mână, și spuse:

— Mai dă-mi una.

Nebunul Trei mormăi ceva.

— Trei pietre, vezi? Eddie ridică trei degete. Trei.

De-acum se ridicaseră în șezut și Morton și Smitty. Căpitanul se apropia.

— Ce vrei să faci? murmură Smitty.

— Dacă-mi mai dă o piatră... răspunse Eddie pe același ton.

Nebunul Trei deschise ușa din bambus și făcu exact ce sperase Eddie: îi chemă pe ceilalți. Nebunul Unu apăru cu o piatră și Nebunul Doi îl urmă înăuntru. Nebunul Trei îi aruncă piatra lui Eddie și urlă ceva. Apoi se dădu înapoi, rânji la colegii lui, îi îndemnă din mână să stea jos, ca și cum le-ar fi zis: „asta e de neratat".

Eddie arunca pietrele cu ritm. Fiecare era mare cât palma sa. Cântă o melodie de bâlci. „Na, na-na, naaaaaaaa..." Gardienii râseră. Eddie râse. Căpitanul râse. Râsete forțate, ca să tragă de timp.

— Apropiați-vă, cântă Eddie, prefăcându-se că vorbele făceau parte din melodie.

Morton şi Smitty se apropiară uşor, prefăcându-se interesaţi.

Gardienii se distrau. Păreau relaxaţi. Eddie încercă să-şi controleze respiraţia. Încă un pic. Aruncă o piatră sus în aer, jonglând jos cu celelalte două, apoi o prinse pe a treia şi repetă schema.

— Ooooo, făcu Nebunul Trei, neputându-se abţine.

— Ţi-a plăcut asta? spuse Eddie.

Jongla din ce în ce mai rapid. Continuă să arunce una dintre pietre sus, urmărind cum ochii gardienilor îi urmau traiectoria. Şi cânta „na, na-na-na naaaa", apoi „număr până la trei, apoi... na, na-na-na naaaaaa, apoi, căpitane, tu pe cel din stânga..."

Nebunul Doi se încruntă, suspicios, dar Eddie zâmbi, aşa cum făceau jonglerii de la Ruby Pier când simţeau că pierdeau atenţia spectatorilor.

— Aici, ia uită-te aici, uită-te aici! zise Eddie cu voce jucăuşă. Cel mai mare spectacol din univers, băiete! Eddie mişcă pietrele şi mai rapid, apoi numără: Unu... Doi...

Şi aruncă o piatră mult mai sus decât înainte. Nebunii o urmăriră cu privirea.

— Acum! urlă Eddie.

Continuând să jongleze, prinse una dintre pietre şi, ca un bun aruncător de baseball care fusese dintotdeauna, o azvârli direct în faţa Nebunului Doi, spărgându-i nasul. Apoi prinse a doua piatră şi o aruncă direct în barba Nebunului Unu, cu mâna stângă. Nebunul căzu pe spate și căpitanul se năpusti asupra lui, luându-i baioneta. Nebunul Trei, dezorientat pe moment, duse mâna la pistol şi trase cu frenezie, în timp ce Morton şi Smitty îl apucau de picioare. Uşa fu dată de perete de Nebunul Patru, care intră alergând, iar Eddie aruncă în el cu a treia piatră, care-i trecu la câţiva centimetri de cap. Se apleca să se ferească, dar căpitanul aştepta lipit de perete, cu baioneta în mână; o împlântă în coastele Nebunului Patru cu atâta forţă, încât căzură amândoi dincolo de uşă. Eddie, cuprins de adrenalină, sări pe Nebunul Doi şi-l pocni în faţă mai tare decât lovise el vreodată pe cineva pe strada Pitkin. Luă de pe jos una dintre pietre şi-l lovi în cap cu ea, o dată, şi-ncă o dată... până când îşi văzu mâinile acoperite de o substanţă lipicioasă purpurie şi-şi dădu seama că era sânge amestecat cu piele şi praf de cărbune; apoi auzi o împuşcătură şi-şi puse mâinile pe cap, murdărindu-şi tâmplele. Privi în sus şi-l văzu pe Smitty stând deasupra lui. Avea în mână pistolul inamicului. Trupul Nebunului Doi căzu moale la pământ. Pieptul îi sângera.

— Pentru Rabozzo, murmură Smitty.

În câteva minute, toţi cei patru gardieni erau morţi.

PRIZONIERII, SLABI, DESCULŢI ŞI ACOPERIŢI DE SÂNGE, alergau acum spre dealul abrupt. Eddie se aşteptase să audă focuri de armă, alţi gardieni cu care să se lupte, dar nu era nimeni. Celelalte colibe erau goale. De fapt, întreaga tabără era goală. Eddie se întrebă de cât timp fuseseră acolo doar ei şi cei patru Nebuni.

— Probabil că ceilalţi au fugit când au auzit bombardamentele, şopti căpitanul. Suntem ultimul grup rămas.

Butoaiele cu petrol erau poziţionate pe prima coastă de deal.

La mai puţin de 100 de metri distanţă se afla intrarea în mina de cărbuni. În apropiere era o magazie de aprovizionare. Morton se asigură că era goală, apoi fugi înăuntru şi ieşi cu braţele pline de grenade, puşti şi două aruncătoare de flăcări destul de rudimentare.

— Hai să ardem tot, spuse.

Azi este ziua de naștere a lui Eddie

Pe tort este scris „Succes! Luptă ca un erou!" și într-o parte, de-a lungul marginii din glazură de vanilie, cineva adăugase cuvintele „Come home soon", dar literele „o-o-n" albastre, caligrafiate ondulat, erau lipite una de alta, încât părea scris „son" sau „Come home son".[1]

Mama lui Eddie îi spălase și călcase deja hainele pe care trebuia să le poarte a doua zi. Le pusese pe un umeraș agățat de mânerul șifonierului de la el din cameră. Dedesubtul lor așezase pantofii.

Eddie se afla în bucătărie, jucându-se cu verii din România: își ținea mâinile la spate, în timp ce copiii încercau să-i dea pumni în stomac. Unul dintre ei indica spre Caruselul Parizian, care se vedea de la fereastră și care seara era întotdeauna iluminat.

— Cai! exclamă copilul.

Ușa se deschide și Eddie aude o voce care îi face inima să tresară de bucurie chiar și acum. Se întreabă dacă nu cumva ar trebui să lase acasă slăbiciunea aceasta, înainte de a pleca la război.

— Bună, Eddie, spune Marguerite.

Iat-o, în pragul bucătăriei, atât de frumoasă... Eddie simte o tresărire familiară în capul pieptului. Marguerite își trece mâna prin păr să scuture picăturile de ploaie și zâmbește. În mână ține o cutie mică.

---

1 Joc de cuvinte (lb. engl. în orig.), în traducere: „Vino acasă repede" / „Vino acasă, fiule" (n. red.).

— Ți-am adus ceva. Cadou de ziua ta și... de plecare.

Zâmbește iar. Eddie își dorește atât de mult să o îmbrățișeze, încât îl doare. Nu-l interesează ce e în cutie. Vrea doar să-și imprime în memorie imaginea cu ea întinzându-i-o. Ca întotdeauna, cu Marguerite, Eddie ar vrea să oprească timpul.

— E minunat, spune el.

Iar ea râde.

— Nici măcar nu l-ai desfăcut!

— Marguerite... Se apropie de ea. Ai vrea...

— Eddie! strigă cineva din cealaltă cameră. Haide odată să sufli în lumânări!

— Așa e. Ne e foame!

— Oh, Sal, taci!

— Păi, ne e.

Pe masă există tort, și bere, și lapte, și trabucuri; invitații toastează pentru succesul lui Eddie, iar mama lui, la un moment dat, începe să plângă și-l îmbrățișează pe celălalt fiu al său, Joe, care nu merge la război pentru că are platfus.

Mai târziu, în aceeași seară, Eddie se plimbă cu Marguerite pe promenadă. Îi știe după nume pe fiecare vânzător de bilete, pe fiecare angajat de la chioșcurile cu mâncare și toți îi urează mult noroc. Unele dintre femeile mai în vârstă lăcrimează și Eddie se gândește că probabil băieții lor sunt deja plecați la război.

El și Marguerite își cumpără caramele și bere cu aromă de ghimbir. Mănâncă alegând din punga mică, albă, luptându-se în joacă pe caramele. La sala de jocuri, Eddie introduce un cent și trage cu o mână din ipsos, iar săgeata trece dincolo de „mă lași rece", de „inofensiv" și de „ești așa-și-așa," continuându-și traseul până la „fermecător".

— Ce puternic ești! spune Marguerite.

— Fermecător, zice Eddie, flexând brațul să arate mușchii.

Încheiară seara pe faleză, sprijiniți de balustradă, ținându-se de mână, ca în filme. Mai încolo, pe plajă, un cerșetor făcuse un foc mic din surcele și prosoape rupte și își pregătea culcușul pentru noapte.

— Nu trebuie să-mi ceri să te aștept, spune Marguerite dintr-odată.

Eddie înghite cu greu.

— Nu?

Ea clatină din cap. Eddie zâmbește. Eliberat de greutatea întrebării care-l chinuise toată seara, simte ca și cum inima i-ar ieși din piept și ar cuprinde-o pe Marguerite, trăgând-o aproape de el, făcând-o a lui. În acest moment simte că o iubește mai mult decât crezuse vreodată că poate iubi.

O picătură de ploaie îi cade pe frunte. Apoi alta. Ridică ochii spre cer. Se adună norii.

— Hei, Fermecătorule? spune Marguerite.

Zâmbește, dar picături i se preling pe chip, făcând-o să clipească, și Eddie nu știe dacă sunt lacrimi sau e ploaia.

— Să nu mori pe-acolo, da? zice ea.

UN SOLDAT ELIBERAT este deseori un soldat furios. Zilele și nopțile pe care le-a pierdut, tortura și umilința pe care le-a suferit, toate cer răzbunare feroce, ochi pentru ochi, dinte pentru dinte.

Prin urmare, când Morton, cu brațele pline de arme furate, le-a spus celorlalți „hai să ardem tot", toți ceilalți au fost, evident, imediat de acord. Exaltați de sentimentul că au recâștigat controlul asupra situației, oamenii au declanșat focul inamic, Smitty în puțul minei, Morton și Eddie la butoaiele cu petrol. Căpitanul a plecat în căutarea unui vehicul de transport.

— Cinci minute, apoi adunarea aici! lătră el. Bombardamentele vor reîncepe și trebuie să plecăm de-aici. S-a înțeles? Cinci minute!

Adică exact cât a durat să distrugă tot ce reprezentase pentru ei în ultimele șase luni „acasă". Smitty aruncă grenadele în puțul minei, fugind apoi de-acolo. Eddie și Morton împinseră două butoaie, rostogolindu-le, până la complexul de colibe, le desfăcură, apoi, unul câte unul, traseră cu aruncătorile de flăcări nou-achiziționate și stătură să se uite cum ardeau barăcile.

— Să ardă tot! urlă Morton.

— Să ardă tot! urlă și Eddie.

Pe fundul puțului minei se produse o explozie. La intrarea în mină apăru fum negru. Cu treaba terminată, Smitty alergă spre punctul de întâlnire. Morton împinse butoiul cu petrol într-una dintre barăci și dezlănțui din aruncător o flacără ce părea o frânghie.

Eddie privea rânjind, apoi se îndreptă spre ultima baracă. Era mai mare, cam cât un hambar. Își ridică arma. *Se terminase*, își spuse. Gata. Atâtea săptămâni și luni pe mâinile bastarzilor ălora de gardieni inumani, cu dinții lor stricați și fețele osoase și viespi moarte în supă.

Nu știa ce-i aștepta în continuare, dar n-avea cum să fie mai rău decât ce înduraseră.

Eddie apăsă pe trăgaci. *Vââââj!* Focul izbucni imediat. Lemnul de bambus era uscat; în câteva minute pereții hambarului se topeau în flăcări portocalii și galbene. În depărtare, Eddie auzi zgomotul unui motor; căpitanul, spera el, găsise ceva cu care să fugă. Și apoi, dintr-odată, din cer, primele zgomote de bombardament, același zgomot pe care îl auziseră în fiecare noapte. Erau și mai aproape acum, iar Eddie își dădu seama că cine bombarda avea să vadă flăcările. Poate aveau să fie salvați! Poate pleca acasă! Se întoarse spre hambarul care ardea și...

Era ceva acolo.

Clipi.

Era ceva acolo.

Ceva se prăbuși când ușa se deschise. Eddie miji ochii să poată vedea mai bine. Căldura era intensă și își proteja ochii cu mâna liberă. Nu era foarte sigur, dar i se păruse că tocmai văzuse o siluetă mică alergând prin foc.

— Hei! urlă Eddie, făcând un pas înainte și lăsând jos arma. HEI!

Acoperișul hambarului începu să se năruiască, scoțând scântei și flăcări. Eddie făcu un salt înapoi. Ochii îi lăcrimau. Poate fusese doar o umbră.

— EDDIE! ACUM!

Morton era sus pe cărare, îi făcea cu mâna lui Eddie să vină. Pe Eddie îl usturau ochii. Abia putea respira. Indică spre hambar și urlă:

— Cred că e cineva acolo!

Morton își puse o mână la ureche.

— Ce?

— Cineva. Acolo. În hambar!

Morton dădu din cap. Nu reuşea să audă. Eddie se întoarse, era aproape sigur că o văzuse din nou, era acolo, târându-se în hambarul care ardea, o siluetă de mărimea unui copil. Trecuseră mai bine de doi ani de când Eddie văzuse altceva în afară de adulţi. Iar umbra îl făcea să se gândească brusc la verii săi mici, de acasă, de la debarcader, şi la Li'l Folks Miniature Railway pe care le punea în funcţiune, şi la roller-coastere, şi la copiii de pe plajă, şi la Marguerite, şi la imaginea ei, şi la tot ce ţinuse în minte atât de multe luni.

— HEI! IEŞI DE-ACOLO! strigă el, azvârlind aruncătorul de flăcări şi apropiindu-se şi mai mult. NU TE ÎMPUŞC...

O mână îl apucă de umeri, trăgându-l înapoi. Eddie se-ntoarse cu pumnul încleştat. Era Morton. Striga:

— EDDIE, trebuie să mergem. ACUM!

Eddie clătină din cap.

— Nu, nu, stai, stai, e ceva în...

— Nu e nimeni acolo! ACUM!

Eddie se simţea disperat. Se-ntoarse la hambar. Morton îl prinse din nou. De data asta, Eddie se învârti şi se balansă furibund, lovindu-l în piept. Morton căzu în genunchi. Lui Eddie îi bubuia capul. Avea chipul desfigurat de furie. Se întoarse din nou spre flăcări, cu ochii aproape închişi. Iată-l. Ce era? Se rostogolea dincolo de perete. Acolo!

Făcu un pas înainte, convins că un suflet inocent ardea de viu chiar acolo, în faţa lui. Apoi restul acoperişului se prăbuşi cu un vuiet, aruncând asupra lui o ploaie de scântei, ca un foc de artificii.

În acel moment, tot ce însemna războiul se ridică în el ca un val amar precum fierea. Era sătul de captivitate, sătul de atâta moarte, sătul de sângele şi de mizeria care i se uscau pe tâmple, sătul de bombardamente şi de incendii şi de inutilitatea a tot ce-l înconjura. Tot ce-şi dorea în clipa aceea era să salveze ceva, o bucăţică din Rabozzo, o bucăţică din propria persoană, ceva, aşa că se aruncă în flăcările care distrugeau tot, convins că fiecare umbră era sufletul acela ce trebuia salvat. Avioanele duduiau deasupra lui şi focurile de mitralieră răpăiau ca nişte bătăi de tobe.

Eddie se mişca de parcă era în transă. Trecu dincolo de balta de petrol care ardea şi hainele de pe el se aprinseră. O flacără galbenă îi urca pe gambă şi pe coapsă. Ridică braţele şi răcni din rărunchi.

— VIN SĂ TE AJUT! IEŞI DE ACOLO! NU TE ÎMPU...

O durere ascuţită îi străbătu piciorul. Înjură tare şi îndelung, apoi se prăbuşi la pământ. Din genunchi îi ţâşnea sânge. Motoarele avioanelor huruiau. Cerul se aprinse în lumini albăstrui intermitente.

Stătea acolo, sângerând şi în flăcări, cu ochii închişi, să-i apere de căldura arzătoare, şi, pentru prima dată în viaţa lui, se simţi pregătit să moară. Apoi, cineva îl trase înapoi, rostogolindu-l în pământ, stingându-i flăcările. Eddie era prea uluit şi prea slăbit pentru a rezista, se rostogoli ca un sac de cartofi. Apoi se trezi într-un vehicul de transport, cu ceilalţi în jurul său, încurajându-l să reziste. Avea arsuri pe spinare, iar genunchiul îi amorţise, se simţea ameţit şi obosit, extenuat.

CĂPITANUL DĂDU ÎNCET DIN CAP, amintindu-şi ultimele momente.

— Îţi aminteşti ceva despre cum ai ieşit de acolo?

— Nu prea, spuse Eddie.

— A durat două zile. Îţi pierdeai adesea cunoştinţa. Ai pierdut mult sânge.

— Dar am rezistat, zise Eddie.

— Daaaa. Căpitanul rosti prelungit cuvântul și-l sublinie cu un oftat. Glonțul ăla te-a distrus, nu glumă.

De fapt, glonțul nu fusese niciodată pe deplin îndepărtat. Distrusese mai mulți nervi și tendoane și se spărsese într-un os, fracturându-l pe verticală. Eddie suferise două intervenții chirurgicale. Niciuna nu rezolvase problema. Medicii spuseseră că va șchiopăta, probabil din ce în ce mai rău odată cu vârsta, pentru că oasele deformate aveau să se deterioreze.

— Am făcut tot ce-am putut mai bine.

Așa să fi fost? Cine mai putea spune? Tot ce știa Eddie era că se trezise într-o unitate medicală și că viața lui se schimbase pentru totdeauna. Nu mai putea să alerge. Nu mai putea să danseze. Dar, mai rău decât atât, se schimbase modul în care gândea și simțea. Se retrase în sine. Totul părea ori stupid, ori inutil. Războiul se strecurase hoțește în mintea lui Eddie, în piciorul și în sufletul său. Învățase multe lucruri ca soldat. Iar când se întoarse acasă, era alt om.

— ȘTIAI, SPUSE CĂPITANUL, că provin din trei generații de oameni de arme?

Eddie ridică din umeri.

— Da, trei generații. La șase ani știam deja să trag cu pistolul. Dimineața, tata îmi inspecta patul. Făcea treaba aia cu moneda, o arunca pe așternuturi. La masa de prânz era numai „da, domnule" și „nu, domnule". Înainte de a deveni la rândul meu militar, n-am făcut decât să primesc ordine. Și, dintr-odată, eu eram cel care le dădea. Pe timp de pace era bine. Aveam tot felul de băieți răi drept recruți. Dar apoi a început războiul și oamenii au început să se înroleze în valuri, bărbați tineri, ca tine, și toți mă salutau și se așteptau să le zic ce să facă.

Vedeam teama din ochii lor. Se comportau de parcă eu aş fi ştiut cine ştie ce secrete despre război. Credeau că eram capabil să-i scap cu viaţă. Şi tu ai crezut asta, nu-i aşa?

Aşa era, recunoscu Eddie.

Căpitanul se întoarse şi-şi frecă grumazul.

— Dar nu eram, bineînţeles. Primeam ordine, la rândul meu. Şi, dacă nu vă puteam garanta că veţi scăpa cu viaţă, m-am gândit că puteam măcar să vă fac să vă simţiţi uniţi. Când te afli în mijlocul unui mare război, ai nevoie de ceva mic în care să crezi. Iar când găseşti acel ceva, te agăţi de el ca soldatul de cruce când se roagă în tranşee. Pentru mine, acel ceva mic era ce vă repetam zi de zi: „nu lăsăm niciodată pe nimeni în urmă".

Eddie încuviinţă dând din cap.

— A însemnat mult, spuse el.

Căpitanul îl privi în ochi.

— Sper, zise.

Băgă mâna în buzunarul de la piept, scoase o altă ţigară şi o aprinse.

— De ce spuneţi asta? întrebă Eddie.

Căpitanul suflă fumul, apoi făcu un semn cu capătul ţigării spre piciorul lui Eddie.

— Pentru că, spuse el, eu sunt cel care te-a împuşcat.

EDDIE ÎȘI PRIVI PICIORUL, atârnând pe ramura copacului. Reapăruseră cicatricile de la operații. Și simțea din nou durere. Simțea ceva izvorându-i dinăuntru, ceva ce nu mai simţise de dinainte de a muri; de fapt, ceva ce nu mai simţise de mulţi ani: un val de furie orbitoare, dorinţa de a lovi ceva. Ochii i se îngustară și-l privi lung pe căpitan; acesta-i întoarse privirea, dar fără nicio expresie în ochi, ca şi cum ar fi ştiut ce urma. Lăsă ţigara să-i cadă dintre degete.

— Dă-i drumul, zise încet.

Eddie urlă şi se repezi la el; căzură amândoi din copac, alunecând printre ramuri şi liane, luptându-se până atinseră pământul.

— DE CE? TICĂLOSULE! Ticălosule! Nu tu! DE CE?

Se luptau în mocirla de pe jos. Eddie îl apucase pe căpitan de pieptul uniformei şi-i trăgea pumni în faţă. Căpitanul nu sângera. Eddie îl scutură de guler și-l lovi cu capul de pământul noroios. Căpitanul nu clipi. În schimb, îl lăsă pe Eddie să-şi descarce furia, iar capul i se mişcă de la stânga la dreapta cu fiecare lovitură primită. Apoi Eddie îl apucă doar cu o mână şi-l răsuci.

— Pentru că, spuse căpitanul calm, cu umerii pe pieptul lui Eddie, altfel te-am fi pierdut în focul acela. Ai fi murit. Şi nu-ţi venise vremea.

Eddie răsufla din greu.

— Vremea?!

Căpitanul continuă:

— Erai ca în transă, voiai neapărat să intri în hambar. Aproape că l-ai făcut knock-out pe Morton când a încercat să te ia de acolo, la dracu'! Aveam la dispoziţie un minut să fugim şi tu erai prea puternic să te luăm pe sus, afurisitule!

Eddie simţi un ultim val de furie şi-l apucă pe căpitan de guler. Îl trase aproape de el. Îi văzu dinţii pătaţi de tutun.

— Piciorul meu!!! Eddie clocotea. *Viaţa mea!*

— Ţi-am luat piciorul, zise căpitanul, pentru a-ţi salva viaţa.

Eddie îi dădu drumul și căzu pe spate, epuizat. Îl dureau brațele. I se învârtea capul. Ani de-a rândul fusese bântuit de momentul acela, de acea singură greșeală care-i schimbase viața.

— Nu era nimeni în hambarul ăla... Unde mi-a fost capul? Ce n-aș da să nu fi intrat acolo... Vocea îi deveni o șoaptă. Mai bine muream.

— Nu lăsăm pe nimeni în urmă, spuse căpitanul. Nu uita. Mai văzusem și înainte ceea ce ți s-a întâmplat ție. Când un soldat ajunge într-un anumit punct și apoi nu mai poate. Uneori, se întâmplă în plină noapte. Odată, un soldat a ieșit din cort și a pornit desculț, pe jumătate dezbrăcat, voia să se ducă acasă, de parcă locuia după colț. Alteori, se întâmplă în mijlocul unei bătălii. Lasă arma jos, cu ochii goi. Pentru că nu mai suportă. Nu mai vrea să lupte. De obicei, aceștia sunt împușcați. În cazul tău s-a întâmplat să cedezi în fața unui incendiu, cu un minut înainte ca totul să se sfârșească. Nu puteam să te las să arzi de viu. Am socotit că o rană la picior se va vindeca. Te-am scos de acolo și ceilalți te-au dus la o unitate medicală.

Lui Eddie îi bubuia inima în piept ca un ciocan. Se murdărise pe cap de noroi și se umpluse de frunze. I-a luat un minut să-și dea seama de ultimul lucru pe care-l spusese căpitanul.

— Ceilalți? întrebă Eddie. Cum adică „ceilalți"?

Căpitanul se ridică. Își scutură o crenguță de pe pantaloni.

— M-ai revăzut vreodată după aceea?

Nu, Eddie nu-l mai întâlnise pe căpitan. Fusese transportat cu avionul la spitalul militar și apoi, din cauza handicapului căpătat, a fost lăsat la vatră și dus acasă, în America. Auzise, câteva luni mai târziu, că murise căpitanul, dar a crezut că fusese vorba despre bătălii ulterioare, cu vreo altă unitate. Mai târziu, primise o scrisoare care conţinea o medalie, dar Eddie o pusese deoparte fără să o desfacă. Lunile de după război fuseseră pline de întuneric şi de gânduri; uita detalii şi nu avea niciun interes să le colecţioneze. După un timp, îşi schimbase adresa.

— Este exact cum ţi-am spus, zise căpitanul. Tetanos? Febră galbenă? Toate vaccinurile acelea? Doar o mare pierdere de timp.

Întoarse capul, indicând undeva dincolo de umărul lui Eddie, care se răsuci şi privi într-acolo.

CE VĂZU NU MAI ERAU, dintr-odată, dealurile sterpe, ci noaptea evadării lor, luna acoperită de ceaţă, avioanele apropiindu-se, barăcile în flăcări. Căpitanul conducea vehiculul de transport cu Smitty, Morton şi Eddie înăuntru. Eddie era întins pe bancheta din spate, plin de arsuri, rănit, semiconştient, iar Morton îi lega un garou deasupra genunchiului. Bombardamentul se apropia. Cerul negru se aprindea la fiecare câteva secunde, ca şi cum soarele s-ar fi stins şi aprins. Ajuns în vârful dealului, vehiculul a deraiat, apoi s-a oprit. Erau în faţa unei porţi improvizate din lemn şi sârmă; nu o puteau ocoli, pentru că terenul era prea abrupt şi în stânga, şi în dreapta. Căpitanul luă o puşcă şi sări afară. Trase în lacăt şi deschise poarta. Îi făcu semn lui Morton să treacă la volan, apoi arătă cu degetul spre ochi; semnalul însemna că el avea să înainteze pe jos, în avangardă, pentru a verifica drumul care cotea spre un hăţiş de copaci. Alergă, cât de repede putea aşa cum era, în picioarele goale, cam 50 de metri dincolo de cotitura drumului.

Era liber. Le făcu semn oamenilor să-l urmeze. Un avion plana deasupra lui; ridică ochii să vadă dacă era inamicul sau ai lor. Exact în momentul acela, când avea ochii înălţaţi spre cer, se auzi un clic sub piciorul său drept. Mina de teren explodă pe loc, ca un râgâit de foc venit din adâncul pământului. Suflul îl aruncă pe căpitan la peste şase metri în aer şi-l făcu bucăţi, un fragment de os arzând cu cartilaj cu tot şi sute de bucăţi de carne carbonizate zburând în toate direcţiile deasupra mocirlei, apoi aterizând prin copacii banian.

Lecția numărul doi

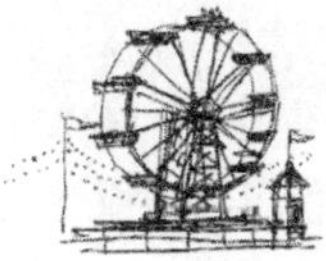

— DUMNEZEULE! EXCLAMĂ EDDIE ÎNCHIZÂND OCHII. Capul îi căzu pe spate. Oh, Doamne! Oh, Doamne! Habar n-am avut, domnule! E îngrozitor! Îngrozitor!

Căpitanul încuviință dând din cap și privi în altă parte. Dealurile erau din nou sterpe, stârvul de animal și căruța răsturnată reapăruseră, împreună cu resturile fumegânde ale satului. Eddie își dădu seama că era locul unde murise căpitanul. Nu avusese parte de înmormântare. Nu avusese parte de un coșciug. Acolo nu erau decât scheletul său spulberat și pământul noroios.

— Ați așteptat aici tot acest timp? întrebă Eddie în șoaptă.

— Timpul, spuse căpitanul, nu este ceea ce crezi. Se așeză lângă Eddie. Moartea? Nu este sfârșitul. Credem noi c-ar fi. Dar ceea ce se întâmplă pe pământ este doar începutul.

Eddie părea pierdut.

— Cred că e ca în Biblie, știi treaba cu Adam și Eva? spuse căpitanul. Prima noapte a lui Adam pe pământ? Când se întinde și se culcă? Și crede că totul s-a terminat. Pentru că nu știe ce e somnul. Ochii i se închid și crede că părăsește această lume, nu? Doar că nu este așa. Se trezește a doua zi dimineață și are la dispoziție o întreagă lume nouă. Dar mai are și altceva. Are un *ieri*. Căpitanul zâmbi. Din ce înțeleg eu, de asta avem și noi parte aici, soldat. Ăsta este raiul. Să ai șansa de a înțelege ziua de ieri.

Își scoase pachetul de țigări și-l bătu cu degetul.

— Nu știu dacă mă înțelegi. N-am fost niciodată un dascăl bun.

Eddie îl privi cu atenție pe căpitan. Îl crezuse întotdeauna mult mai în vârstă. Dar acum, că se mai curățase cenușa, Eddie observă că avea foarte puține riduri și capul acoperit de păr negru. Avea, probabil, puțin peste 30 de ani.

— Ați fost aici de când ați murit, spuse Eddie, adică de două ori mai mult decât perioada cât ați trăit.

Căpitanul încuviință dând din cap.

— Te-am așteptat.

Eddie își plecă privirea.

— Așa a zis și Omul Albastru.

— Pentru că și el te aștepta. A fost parte din viața ta, parte din ce ai trăit și cum ai trăit, parte din povestea pe care trebuia să o afli, dar acum ți-a spus-o și a trecut dincolo, iar în scurt timp, la fel voi face și eu. Așa că ascultă-mă bine. Trebuie să-ți spun ceea ce trebuie să afli de la mine.

Eddie își simți spatele îndreptându-se.

— SACRIFICIU, SPUSE CĂPITANUL. Tu ai făcut un sacrificiu. Eu am făcut un sacrificiu. Toți sacrificăm ceva. Doar că pe tine sacrificiul te-a înfuriat. Te-ai tot gândit la ceea ce ai pierdut. Nu ai înțeles că sacrificiul face parte din viață. Că așa trebuie să fie. Nu e ceva care să-ți provoace regrete. Ci ceva la care trebuie să aspiri. Mici sacrificii. Sacrificii mari. Mamele muncesc pentru ca fiii lor să poată merge la școală. Fiicele se mută înapoi acasă pentru a avea grijă de tatăl bolnav. Bărbații pleacă la război...

Se opri o clipă să privească cerul gri și înnorat.

— Rabozzo nu a murit în van, știi. S-a sacrificat pentru țara lui, iar familia sa știa asta; fratele său mai mic a devenit un soldat bun și un om extraordinar pentru că Rabozzo l-a inspirat. Nici eu nu am murit în van. În noaptea aceea, am fi putut trece cu toții peste mina aceea. Și-am fi pierit toți patru.

Eddie clătină din cap.

— Dar dumneavoastră... Vocea îi deveni o șoaptă. V-ați pierdut viața.

Căpitanul plescăi din limbă.

— Nț. Tocmai despre asta e vorba. Uneori, când sacrifici ceva prețios, nu îl pierzi cu adevărat. Ci îl dăruiești altcuiva.

Căpitanul se îndreptă spre cască, pușcă și plăcuța de identificare, încă înfipte în pământ. Mormântul simbolic. Luă casca și plăcuța și le puse sub braț, apoi smulse pușca din noroi și o aruncă precum o suliță. Nu căzu la pământ. Zbură în aer și apoi dispăru. Căpitanul se întoarse.

— Te-am împușcat, așa e, spuse el, și ai pierdut ceva, dar ai și câștigat ceva. Doar că nu știi asta încă. Și eu am câștigat ceva.

— Ce?

— Am reuşit să-mi ţin promisiunea. Nu te-am lăsat în urmă. Întinse mâna. Mă ierţi pentru picior?

Eddie reflectă un moment. Se gândi la amărăciunea provocată de rana de la picior şi la câte renunţase din cauza asta. Apoi se gândi la ce pierduse căpitanul şi i se făcu ruşine. Întinse la rândul său mâna. Căpitanul îl apucă strâns.

— Asta aşteptam.

Dintr-odată, lianele groase căzură de pe ramurile copacilor banian şi dispărură în pământ cu un şuierat. Apărură ramuri noi, sănătoase, acoperite cu frunze netede şi irizate şi smochine, multe smochine. Căpitanul ridică privirea, de parcă ar fi aşteptat să se întâmple asta. Apoi îşi şterse cu palmele rămăşiţele de cenuşă de pe faţă.

— Căpitane? spuse Eddie.

— Da.

— De ce aici? Poţi alege să aştepţi oriunde, nu? Aşa a zis Omul Albastru. De ce locul ăsta?

Căpitanul zâmbi.

— Pentru că am murit în luptă. Am fost ucis pe aceste dealuri. Am părăsit lumea necunoscând altceva decât războiul: discuţii despre război, planuri de război, o familie de războinici. Dorinţa mea a fost să văd cum arăta lumea fără război. Înainte de a începe să ne omorâm unul pe celălalt.

Eddie privi în jur.

— Dar ăsta e război.

— Pentru tine. Însă ochii noştri văd diferit, spuse căpitanul. Tu nu vezi ce văd eu.

Ridică o mână şi peisajul cenuşiu se transformă. Fiarele ruginite se topiră, crescură copaci şi pământul se transformă din noroi în iarbă luxuriantă, verde. Norii de nepătruns se deschiseră ca niște draperii, descoperind un cer de culoarea safirelor. Deasupra copacilor se ivi o ceață albă și un soare de culoarea piersicii atârna strălucitor deasupra orizontului, reflectat de apele sclipitoare ale oceanului, care acum înconjurau insula. Era frumusețe în stare pură, nealterată, neatinsă.

Eddie își ridică privirea spre fostul său comandant, a cărui față devenise brusc curată și a cărui uniformă era călcată la dungă.

— Asta, spuse căpitanul deschizându-și brațele, este ceea ce văd eu.

Se opri o clipă să admire totul.

— Apropo, nu mai fumez. Așa mă vedeau ochii tăi. Chicoti. Ce sens ar avea să fumez în paradis?

Începu să se îndepărteze.

— Stați, strigă Eddie. Trebuie să știu ceva. Moartea mea. În parcul de distracții. Am salvat-o pe fetița aceea? I-am simțit mâinile, dar nu-mi amintesc...

Căpitanul se întoarse și Eddie își înghiți cuvintele, jenat că întrebase, după ce aflase în ce mod oribil murise căpitanul.

— Aș vrea să știu, se bâlbâi.

Căpitanul se scărpină după ureche. Îl privi pe Eddie cu înțelegere.

— Nu pot să-ți zic, soldat.

Eddie își plecă fruntea.

— Dar cineva o să poată.

Îi aruncă plăcuța și casca.

— Sunt ale tale.

Eddie se uită la ele. În cască se afla fotografia mototolită a unei femei care-l făcu să simtă iar o durere în inimă. Când ridică privirea, căpitanul dispăruse.

LUNI, 7.30 DIMINEAȚA

În dimineața de după accident, Dominguez sosi devreme la atelier, fără să-și mai ia, cum făcea de obicei, un covrig și un suc pentru micul-dejun. Parcul era închis, dar el veni oricum și dădu drumul apei de la chiuvetă. Își ținu mâinile sub jet, gândindu-se să se apuce de curățat câteva piese de la carusele. Apoi închise apa și abandonă ideea. Liniștea devenise parcă și mai profundă decât cu un minut în urmă.

— Cum ești?

Willie stătea în ușa atelierului. Purta un maiou verde și blugi largi. Ținea în mână un ziar. Titlurile spuneau: „Tragedie în parcul de distracții".

— N-am prea dormit, zise Dominguez.

— Mda. Willie se prăbuși pe un taburet metalic. Nici eu.

Se învârti jumătate de tură pe taburet, privind în gol spre ziar.

— Când crezi că redeschidem?

Dominguez ridică din umeri.

— Întreabă poliția.

Au stat o vreme așa, în tăcere, schimbându-și postura de parcă făceau cu rândul. Dominguez oftă. Willie scormoni prin buzunarul de la cămașă după o gumă de mestecat. Era luni. Era dimineață. Își așteptau bătrânul coleg să sosească și să-și înceapă ziua de lucru.

A treia persoană pe care Eddie o întâlnește în rai

UN VÂNT BRUSC ÎL RIDICĂ PE EDDIE, învârtindu-l ca pe un titirez. Dispăru într-un nor de fum, care-i înghiți corpul, apoi simți ca și cum ar fi coborât printr-un tub de tobogan plin de culori.

Cerul părea să-l absoarbă, până când simți pe piele atingerea unei pături care-l învelea. Apoi cerul se strânse într-un punct, după care explodă și deveni verde, ca jadul. Apărură stele, cu milioanele, ca fire de sare răspândite pe un firmament verzui.

Eddie clipi. Se afla în munți acum, cei mai fabuloși munți, un lanț muntos infinit, cu vârfuri acoperite de zăpadă, cu roci zimțate și pante purpurii. Pe un platou dintre două vârfuri se vedea un lac. În apa lacului se reflecta, strălucitoare, o lună.

Pe creastă, Eddie observă o licărire de lumină colorată, care se aprindea și se stingea ritmic, la fiecare câteva secunde. Păși în acea direcție și își dădu seama că era adâncit în zăpadă până la glezne. Ridică piciorul, scuturându-l cu putere. Fulgii se desprindeau, lucind aurii. Când îi atinse, descoperi că nu erau nici reci, nici uzi.

Şi-acum unde-oi fi? se întrebă în gând. Din nou, îşi cercetă corpul, apăsând pe umeri, pe piept, pe abdomen. Muşchii braţelor erau încă puternici, dar abdomenul era mai lăsat, mai moale. Ezitând, îşi strânse genunchiul cu o mână. Îi zvâcni de durere şi Eddie tresări. Sperase că, după plecarea căpitanului, rana avea să dispară. Însă, din câte se părea, se transforma în omul care fusese pe pământ, cu cicatrice, gras şi tot restul. De ce oare trebuia să retrăieşti în paradis aceeaşi degradare?

Porni spre lumina care pâlpâia pe creasta îngustă. Peisajul, pustiu şi tăcut, îţi tăia respiraţia, semăna mult mai mult cu raiul aşa cum şi-l imagina Eddie. Se întrebă, pentru o clipă, dacă nu cumva se terminase, poate căpitanul se înşelase, poate nu mai erau alţi oameni cu care trebuia să se întâlnească. Dădu ocol prin zăpadă în jurul unei stânci şi ajunse pe podişul de unde proveneau luminiţele. Clipi din nou, de data aceasta de uimire.

Pe câmpul înzăpezit nu se afla nimic, în afară de o clădire din oţel inoxidabil în formă de vagon, cu acoperişul din ţiglă roşie. Pe acoperiş pâlpâia o reclamă luminoasă: „MÂNCARE".

Un restaurant.

Eddie îşi petrecuse multe ore în locuri ca acesta. Toate arătau la fel: separeuri cu canapele cu spătar înalt, mese cu blaturi lucioase, un şir de ferestre mici, care, din exterior, îţi dădeau impresia că oamenii se aflau în vagonul unui tren. Eddie putea vedea prin ferestre siluete de oameni vorbind şi gesticulând. Urcă treptele înzăpezite până la uşa dublă. Vârî capul înăuntru.

Un cuplu în vârstă stătea în dreapta mâncând plăcintă; nu-l băgară în seamă. Alţi clienţi stăteau pe scaunele înalte de la tejgheaua din marmură sau în separeuri, cu paltoanele agățate în cuiere. Păreau să aparțină mai multor decade: Eddie văzu o femeie cu o rochie cu guler înalt, de prin anii 1930, și un tânăr cu părul lung, cu semnul păcii, simbolul anilor 1960, tatuat pe braț. Cei mai mulți dintre clienți păreau să fi suferit răni. Un om de culoare era ciung. O adolescentă avea chipul tăiat pe diagonală. Niciunul dintre ei nu se uită la el când Eddie trânti ușa. Văzu bucătari purtând bonete din hârtie albă și farfurii cu mâncare aburindă pe tejghea, mâncare în cele mai delicioase culori așteptând să fie servită: sosuri de un roșu-închis, creme de culoarea untului. Își plimbă ochii până la ultimul separeu, din colțul din dreapta. Înțepeni.

Nu-i venea să creadă pe cine avea în fața ochilor.

— NU, SE AUZI ȘOPTIND.

Se-ntoarse spre ușă. Respiră adânc. Inima îi bubuia. Se răsuci și se uită din nou, apoi se dădu tare cu capul de geamul ușii.

— Nu! urlă Eddie. Nu! Nu!

Își lovi în continuare capul de geam până când crezu că se va sparge.

— Nu!

Continuă să urle până când cuvântul dorit, pe care nu-l pronunțase de decenii, i se formă, în sfârșit, în gât. Apoi urlă cuvântul acela, îl urlă până simți că-l durea-n gât. Dar silueta din separeu rămase aplecată, nepăsătoare, cu o mână așezată pe masă și un trabuc în cealaltă; nu-și ridică privirea, indiferent de câte ori Eddie îl strigă, iar și iar:

— Tată! Tată! Tată!

Azi este ziua de naștere a lui Eddie

Pe holul slab luminat și steril al spitalului V.A., mama lui Eddie deschide cutia albă de la cofetărie și rearanjează simetric lumânările pe tort: 12 pe o parte, 12 pe cealaltă parte. Ceilalți, tatăl lui Eddie, Joe, Marguerite, Mickey Shea, stau în jurul ei, privind.

— Are cineva un chibrit? întreabă ea în șoaptă.

Își pipăie toți buzunarele, căutând. Mickey pescuiește o cutie din jachetă și-i cad două țigări pe podea. Mama lui Eddie aprinde lumânările. Pe hol se aude clinchetul liftului care ajunge la etaj. Din lift iese o targă.

— Gata, haideți să mergem, spune ea.

Flăcările mici tremură în timp ce grupul se pune în mișcare. Apoi intră în salonul lui Eddie cântând încet.

— Mulți ani trăiască, mulți ani trăiască...

Soldatul din patul alăturat se trezește strigând:

— CE DRACU' SE ÎNTÂMPLĂ?

Apoi își dă seama unde se află și se trântește la loc, jenat.

Urarea, de-acum întreruptă, pare greu de reluat; se aude doar vocea subțire a mamei lui Eddie, tremurând, în timp ce continuă singură:

— Eddie să trăiască, Eddie să trăiască... Apoi adaugă repede: La mulți ani!

Eddie se ridică și se sprijină de pernă. Arsurile îi sunt bandajate. Piciorul îi este acoperit de un ghips lung.

Lângă pat stau sprijinite două cârje. Privește chipurile alor săi și simte dorința de a o lua la sănătoasa.

Joe își drege glasul.

— Hei, arăți destul de bine, spune.

Ceilalți aprobă și ei imediat. Bine. Da. Foarte bine.

— Ți-a luat mama ta tort, susură Marguerite.

Mama lui Eddie face un pas înainte, ca și cum ar fi rândul ei. Îi arată cutia din carton.

— Mulțumesc, mamă, murmură Eddie.

Mama lui se uită în jur.

— Unde să-l punem?

Mickey aduce un scaun. Joe șterge o măsuță. Marguerite mută cârjele lui Eddie. Numai tatăl său nu se agită doar de dragul de a se agita. Stă sprijinit de peretele din spate, cu jacheta pe braț, și nu-și ia ochii de la piciorul lui Eddie, învelit în ghips de la gleznă până la șold.

Eddie îi surprinde privirea. Tatăl său își pleacă ochii și-și plimbă mâna peste pervazul ferestrei. Eddie își încordează fiecare mușchi din corp și încearcă să-și stăpânească lacrimile cu puterea voinței.

TOŢI PĂRINŢII ÎŞI VATĂMĂ COPIII. Este inevitabil. Îşi lasă amprenta asupra lor, la fel ca urmele care rămân pe un geam imaculat. Unii lasă doar pete, alţii fac crăpături, câţiva sparg copilăria în cioburi ascuţite şi mici, imposibil de lipit la loc. Stricăciunile pe care tatăl lui Eddie le făcuse se limitaseră, iniţial, la neglijare. Când era bebeluş, tatăl nu-l lua pe Eddie în braţe aproape deloc; când crescu, mai degrabă îl apuca de-o aripă, plictisit. Mama lui Eddie era cea care-i oferea tandreţe; tatăl său se ocupa de disciplină.

Sâmbăta, tatăl lui Eddie îl ducea în parcul de distracţii. Eddie pleca de-acasă imaginându-şi caruselele şi fuioare uriaşe de vată pe băţ, dar după o oră sau cam aşa, tatăl său dădea de vreun cunoscut şi-i spunea:

— Arunci şi tu un ochi la ăsta mic, te rog?

Până se întorcea taică-su, de obicei după-amiaza şi cel mai adesea abţiguit, Eddie rămânea cu vreun acrobat sau vreun dresor de animale.

Cu toate acestea, Eddie petrecuse nenumărate ore din copilăria sa în parc, stând pe balustrade sau ghemuit, în pantaloni scurţi, pe cutiile cu scule de la atelierul de reparaţii, aşteptând ca tatăl lui să-i dedice puţină atenţie. Se oferea adesea să-l ajute, dar singura sarcină care-i fusese vreodată desemnată era să se târască pe sub roata panoramică înainte de deschiderea parcului ca să caute monede căzute din buzunarele clienţilor cu o seară înainte.

Cel puţin patru seri pe săptămână, tatăl său juca cărţi. La masa de joc erau bani, sticle, ţigări şi reguli. Regula rezervată lui Eddie era una simplă: nu deranja. Odată, încercase să stea lângă taică-su, să se uite la cărţile lui, dar bătrânul pusese jos trabucul şi izbucnise ca un vulcan, trăgându-i lui Eddie una peste față cu dosul palmei.

— Nu mai respira spre mine! spusese.

Eddie izbucnise în lacrimi și mama lui îl trăsese aproape, uitându-se urât la soțul ei. Eddie nu se mai apropiase niciodată de el.

În alte nopți, când partidele de cărți se terminau prost și sticlele se goleau, iar mama sa dormea deja, furia tatălui se dezlănțuia în dormitorul lui Joe și al lui Eddie. Scotocea printre puținele jucării și dădea cu ele de pereți. Apoi îi punea pe băieți să stea cu burta pe saltea, în timp ce el scotea cureaua și-i lovea cu capetele acesteia, urlând că-i risipeau banii pe prostii. De obicei, Eddie se ruga să se trezească maică-sa, dar chiar și când se întâmpla asta, tatăl său o avertiza „să nu se bage". S-o vadă așa, pe hol, strângându-se în halat, la fel de neajutorată ca și el, nu făcea decât să înrăutățească lucrurile pentru Eddie.

Mâinile care lăsaseră urme pe copilăria sa fuseseră dure și pline de bătături și roșii de mânie; în primii săi ani de viață, Eddie primise bătaie, bătaie și iar bătaie. Tatăl său mai întâi îl neglijase, apoi îl agresase fizic. Violența face ravagii. Eddie învățase să anticipeze cât de tare avea s-o încaseze după greutatea pașilor de pe scări.

Cu toate acestea, în ciuda comportamentului violent și nepăsător, Eddie, în secret, îl adora pe tatăl său, pentru că așa fac fiii: își adoră tații, chiar și atunci când aceștia n-o merită. Așa le este predată lecția devoțiunii. Înainte de a se dedica lui Dumnezeu sau unei femei, un băiat se va dedica întotdeauna tatălui său, uneori prostește, dincolo de orice logică.

ȘI OCAZIONAL, ca și cum ar fi alimentat cu vreascuri un foc deja firav, tatăl lui Eddie lăsa să se întrevadă, dincolo de dezinteres, o urmă de mândrie.

La terenul de baseball de lângă curtea școlii de pe Strada 14, tatăl lui Eddie stătea în spatele gardului, privindu-l cum juca. Dacă Eddie trimitea mingea în afara terenului, tatăl său aproba, și când o făcea, Eddie țopăia în jurul bazelor. Alteori, când Eddie se întorcea acasă după ce se bătuse pe stradă, tatăl său observa degetele zdrelite sau buza despicată. Apoi întreba:

— Celălalt cum arată?

Eddie îi spunea că-l făcuse praf. Iar acesta era un lucru care-i aducea admirația tatălui său. Când Eddie îi atacase pe copiii care îl deranjaseră pe fratele său, „derbedeii", cum le zicea mama lui, Joe s-a rușinat și a stat ascuns în camera sa, dar tatăl lui Eddie a spus:

— Nu-l lua în seamă. Tu ești ăla puternic. Fii gardianul fratelui tău. Nu lăsa pe nimeni să se atingă cumva de el.

Când Eddie începuse gimnaziul, copiase programul de vară al tatălui său: se trezea înainte de răsărit și lucra în parc până la căderea nopții. La început, se ocupa de atracțiile mai simple, de manevrarea manetelor de frână, ca să reducă viteza vagoanelor și să le oprească lin. În anii următori, lucrase la atelierul de reparații. Tatăl lui Eddie obișnuia să-l testeze cu probleme de întreținere. Îi punea în mână un volan și-i zicea:

— Repară-l.

Îi indica un lanț încurcat și zicea:

— Repară-l.

Aducea o apărătoare ruginită și niște șmirghel și zicea:

— Repar-o.

Și de fiecare dată, la finalizarea sarcinii, Eddie îi ducea piesa înapoi tatălui său și zicea:

— Am reparat-o.

Seara, se adunau la cină, mama sa, rotunjoară şi transpirată, gătea la aragaz, fratele său, Joe, povestea vrute şi nevrute, cu părul şi pielea mirosind a apă de mare. Joe devenise un bun înotător şi muncea pe timpul verii la piscina de la Ruby Pier. Joe povestea despre oamenii pe care-i vedea pe-acolo, despre costumele lor de baie, despre banii lor. Ceea ce îl lăsa rece pe tatăl lor. Odată, Eddie îl auzise vorbind cu mama sa despre Joe.

— Ăla, spunea, nu e bun de nimic, doar de înotat.

Cu toate acestea, Eddie invidia modul în care fratele său arăta seara, aşa, bronzat şi curat. Unghiile lui Eddie, ca şi ale tatălui său, erau murdare de vaselină, iar la masa de prânz Eddie încerca mereu să şi le curețe, cu unghia de la degetul mare. O dată l-a surprins pe taică-su privindu-l şi rânjind.

— E semn că ai muncit din greu azi, spuse ridicându-şi mâinile la fel de murdare înainte de a lua de pe masă un pahar de bere.

La vremea aceea, Eddie, care devenise deja un adolescent vânjos, se limita să dea din cap drept răspuns. Fără măcar să-şi dea seama, se obişnuise cu felul de-a fi al tatălui său, renunțând să mai aştepte vorbe sau gesturi afectuoase din partea acestuia. Toate trebuiau ținute pentru sine. Trebuia doar să ştii asta, atâta tot. Negarea afecțiunii. Altă stricăciune.

APOI, DINTR-O SEARĂ, a încetat să mai vorbească cu el. Se întâmplă după război, când Eddie fusese externat din spital; ghipsul îi fusese scos de pe picior şi se mutase înapoi în apartamentul familiei de pe strada Beachwood. Tatăl său îşi petrecuse seara bând la crâşma din apropiere şi sosise acasă târziu; îl găsi pe Eddie adormit pe canapea. Războiul, cu tot ce are el mai întunecat, îl schimbase pe Eddie. Nu mai ieşea din casă.

Vorbea rar, chiar şi cu Marguerite. Petrecea ore întregi privind pe fereastra de la bucătărie, urmărind caruselele şi frecându-şi genunchiul rănit. Mama spunea încet că „avea nevoie de timp", dar tatăl său devenea mai iritat pe zi ce trecea. Nu înţelegea ce era depresia. Pentru el, era vorba de slăbiciune.

— Ridică-te, urlă cu limba împleticindu-i-se. Caută-ţi de lucru!

Eddie se întinse.

— Ridică-te... şi caută-ţi de lucru! zbieră din nou tatăl lui.

Bărbatul se clătina, însă chiar şi aşa, porni spre Eddie şi-l împinse.

— Ridică-te şi caută-ţi de lucru! Ridică-te şi caută-ţi de lucru! Ridică-te şi... CAUTĂ-ŢI... DE LUCRU!

Eddie se ridică în coate.

— Ridică-te şi caută-ţi de lucru! Ridică-te şi...

— DESTUL! urlă Eddie, ridicându-se în picioare, ignorând explozia de durere din genunchi.

Îl ţintui cu privirea pe tatăl său, ţinându-şi chipul la doar câţiva centimetri de al lui. Îi simţea respiraţia mirosind a alcool şi tutun.

Tatăl său se uită spre piciorul lui Eddie. Vocea i se reduse la un mârâit.

— Ai văzut? Nu... eşti... chiar aşa... de bolnav.

Se răsuci, pregătindu-se să-i tragă un pumn, dar Eddie se mişcă din instinct şi-şi apucă tatăl de braţul care era încă în aer. Bătrânul făcu ochii mari. Era prima dată când se apăra, prima dată când făcuse altceva, în loc să stea să primească bătaia binemeritată. Tatăl său îşi privi pumnul încleştat, care de data aceasta nu-şi atinsese ţinta; nările începură să-i tremure, scrâşnea din dinţi, se smuci ca să-și elibereze brațul. Îl privi pe Eddie așa cum un bărbat privește un tren retrăgându-se la depou.

Nu-i mai vorbi niciodată fiului său.

Iar aceasta a fost ultima amprentă lăsată asupra lui Eddie. Tăcerea. Tăcerea care i-a bântuit tot restul anilor rămași. Tatăl său nu zise nimic când Eddie se mută pe cont propriu, când se angajă ca taximetrist, când Eddie se căsători sau când Eddie venea să o viziteze pe mama sa. Ea îl implorase și plânsese și insistase, încercând să-l facă să se răzgândească, dar tatăl lui Eddie îi spunea și ei, cu maxilarul încleștat, exact ce le spunea și celorlalți când îl întrebau:

— Băiatul ăla a ridicat mâna la mine.

Și așa punea capăt conversației.

Toți părinții își vatămă copiii. Așa trăise Eddie cu tatăl său. Neglijat. Bătut. În tăcere. Iar acum, undeva dincolo de moarte, Eddie se prăbuși lângă un perete din oțel inoxidabil și alunecă într-o grămadă de zăpadă, rănit, din nou, de omul după a cărui dragoste încă râvnea, inexplicabil, și care-i nega existența, ignorându-l chiar și în rai. Tatăl său. Altă stricăciune.

— HAI, NU FI SUPĂRAT, spuse o voce de femeie. Nu te poate auzi.

Eddie își ridică imediat capul. În fața lui, în zăpadă, se afla o femeie în vârstă. Avea fața sfrijită, obrajii căzuți, ruj roz pe buze, părul alb și rar strâns cu grijă la spate. Purta ochelari cu rame metalice la ochii albaștri, îngustați.

Eddie nu-și amintea de ea. Hainele ei erau de pe alte vremuri, o rochie din mătase și șifon, cu un corset strâns cu șireturi albe, asortat cu o fundă din catifea strânsă la gât. Fusta ei avea o cataramă lată și se încheia pe-o parte cu capse și închizătoare. Avea o postură elegantă şi ţinea cu ambele mâini o umbreluţă. Eddie bănuia că fusese bogată.

— Nu dintotdeauna bogată, spuse ea zâmbind, ca şi cum l-ar fi auzit. Am fost crescută ca şi tine, la capătul oraşului, şi m-au obligat să mă las de şcoală când aveam 14 ani. Am lucrat ca muncitoare. Ca şi surorile mele. Le dădeam alor noştri fiecare bănuţ pe care-l câştigam...

Eddie o întrerupse. Nu mai voia să asculte altă poveste.

— De ce nu mă poate auzi tatăl meu? întrebă el.

Femeia zâmbi.

— Pentru că spiritul său – teafăr şi nevătămat – face parte din eternitatea mea. Dar el nu se află cu adevărat aici. Ci tu.

— De ce *îţi doreşti* ca tata să fie în siguranţă?

Femeia făcu o pauză.

— Vino, spuse.

DINTR-ODATĂ, se aflau la poalele munţilor. Lumina de la restaurant era acum doar o scânteie, ca o stea căzută într-o crăpătură.

— Superb, nu-i aşa?

Eddie îi urmări privirea. Femeia aceea avea ceva cunoscut, de parcă o văzuse într-o fotografie pe undeva.

— Eşti al treilea om cu care trebuie să mă întâlnesc?

– Da, eu sunt.

Eddie se scărpină în cap. Cine era femeia asta?

Omul Albastru şi căpitanul făcuseră cumva parte din viaţa lui. De ce o străină? De ce acum? Eddie sperase cândva că moartea va însemna reîntâlnirea cu oamenii care se duseseră înaintea lui. Fusese la atât de multe înmormântări, îşi lustruise pantofii negri buni, scotocind după pălărie, stând la cimitir cu gândul la aceeași întrebare plină de disperare: *De ce ei au plecat, iar eu sunt încă aici?* Mama lui. Fratele lui. Mătușile și unchii săi. Prietenul lui, Noel. Marguerite.

— Într-o zi, spunea preotul, ne vom regăsi cu toții în Împărăția Cerurilor.

Unde erau toți, dacă acesta era raiul? Eddie o studie pe femeia bătrână și bizară. Se simțea mai singur ca niciodată.

— Pot să văd Pământul? șopti el.

Femeia clătină din cap.

— Pot să vorbesc cu Dumnezeu?

— Cu Dumnezeu poți să vorbești întotdeauna.

Șovăi înainte de a pune următoarea întrebare.

— Pot să mă întorc?

Femeia chicoti.

— Înapoi?

— Da, înapoi, spuse Eddie. La viața mea. La ultima zi. Pot face ceva? Să promit că voi fi bun? Că mă voi duce mereu la biserică? Orice?

— De ce?

Părea amuzată.

— De ce? repetă Eddie. Își trecu mâna goală prin zăpada care nu era nici rece, nici umedă. De ce? Pentru că locul ăsta nu are nicio logică pentru mine. Pentru că nu mă simt deloc un înger, dacă asta ar trebui să fiu. Pentru că nu simt că am înțeles totul. Pentru că nu-mi pot aminti cum am murit. Nu-mi pot aminti accidentul. Tot ce-mi amintesc sunt două mâini micuțe, fetița pe care am încercat să o salvez. Înțelegi? O trăgeam de-acolo și cred că am apucat-o de mâini și atunci am...

Ridică din umeri.

— Murit? spuse bătrâna zâmbind. Decedat? Trecut în lumea drepţilor? Ţi-ai dat sufletul?

— Murit, spuse el oftând. Şi asta e tot ce-mi amintesc. Apoi tu, ceilalţi, toate astea. Nu ar trebui să-ţi găseşti pacea după ce mori?

— Pacea ţi-o găseşti, spuse bătrâna, după ce te-ai împăcat mai întâi cu tine.

— Ba nu, zise Eddie clătinând din cap. Nu ţi-o găseşti.

Se gândi să-i povestească despre anxietatea pe care o simţise zi de zi de la război încoace, despre coşmaruri, despre incapacitatea de a mai simţi încântare, despre momentele când se ducea singur la docuri şi se uita cum trăgeau pescarii plasele pline din apă, despre cât de neputincios se simţise, exact precum creaturile acelea care săltau şi se învârteau, prinse în cursă, fără vreo şansă de salvare.

Dar tăcu. În schimb, spuse:

— Doamnă, nu vă supăraţi, dar nici măcar nu vă cunosc.

— Te cunosc eu pe tine, zise ea.

Eddie oftă.

— A, da? Cum aşa?

— Ei bine, spuse ea, dacă ai timp...

Apoi se aşeză, deşi nu mai avea pe ce să stea. Stătea în aer, pur şi simplu, cu picioarele încrucişate, ca o doamnă, şi spatele drept. Fusta lungă se aranjase perfect în jurul ei. Se simţi o adiere şi la nările lui Eddie ajunse o urmă de parfum.

— Cum îţi spuneam, pe vremuri eram o simplă muncitoare. Slujba mea era să servesc la mese într-un loc numit Seahorse Grille. Era aproape de ocean, unde ai crescut tu. Poate ţi-l aminteşti.

Indică spre restaurant şi, dintr-odată, Eddie îşi aminti. Desigur. Locul acela. Obişnuia să ia micul-dejun acolo. O speluncă, aşa îi ziceau. Fusese demolat cu ani în urmă.

— Tu? spuse Eddie, aproape râzând. Ai fost o chelneriţă la Seahorse?

— Exact, răspunse ea cu mândrie. Am servit cafea muncitorilor de la docuri şi plăcintă cu crabi şi bacon hamalilor. Eram frumuşică şi tânără pe atunci, aş putea spune. Am zis nu multor bărbaţi. Surorile mele mă certau tot timpul. „Cine te crezi să-ţi permiţi atâtea mofturi?", obişnuiau să-mi spună. „Găseşte-ţi un bărbat înainte să fie prea târziu." Apoi, într-o dimineaţă, a intrat pe uşă cel mai frumos domn pe care-l văzusem în viaţa mea. Purta un costum în dungi albe şi pe cap o pălărie melon. Avea părul negru şi îngrijit şi mustaţă. Zâmbea tot timpul. Când l-am servit, a dat din cap în semn de mulţumire, iar eu m-am străduit să nu mă holbez. Dar îi auzeam râsul încrezător şi profund, când vorbea cu colegul său. L-am surprins de vreo două ori privindu-mă. Când a plătit nota, mi-a spus că-l cheamă Emile şi mi-a cerut permisiunea să ne întâlnim. Şi-atunci am ştiut, din prima clipă, că surorile mele nu vor mai avea motiv să-ncerce a mă convinge să mă mărit. Perioada în care m-a curtat a fost extrem de amuzantă pentru că Emile era un om bogat. Mă ducea în locuri prin care nu mai fusesem niciodată, îmi făcea cadou haine la care nici măcar nu visasem, mă ducea prin restaurante pe care altfel, săracă fiind, nu mi le-aş fi permis niciodată. Emile făcuse avere într-un timp scurt, din investiţii în cherestea şi oţel. Era cheltuitor, îi plăcea să-şi asume riscuri, când îi venea câte o idee, era capabil să întreacă orice măsură. Cred că tocmai de aceea era atras de o fată ca mine, săracă.

Îi detesta pe oamenii de bani gata; prefera, mai degrabă, să facă lucruri pe care lumea „sofisticată” nu le-ar fi făcut niciodată. Iar unul dintre aceste lucruri era să frecventeze lumea docurilor. Îi plăceau tiribombele, mâncarea sărată, ţiganii, prezicătoarele şi ghicitorii şi fetele-sirenă. Şi amândoi iubeam marea. Într-o zi, stând pe plajă, cu marea liniştită la picioarele noastre, mi-a cerut mâna. Eram încântată. I-am spus da. În jurul nostru se auzeau voci de copii bălăcindu-se în ocean. Emile, întrecând din nou măsura, a jurat că va construi un parc de distracţii doar pentru mine, ca să nu uit niciodată fericirea trăită în acel moment, să rămânem veşnic tineri.

Bătrâna zâmbi.

— Şi şi-a ţinut promisiunea. Câţiva ani mai târziu, a bătut palma cu cei de la compania de cale ferată, care erau în căutarea unui mod de a spori numărul de călători pe timpul weekendului. Aşa au fost construite majoritatea parcurilor de distracţii, ştiai?

Eddie încuviinţă. Ştia. Dar majoritatea oamenilor, nu. Credeau că parcurile de distracţii erau construite de elfi, din batoane de zahăr. Pe când, în realitate, erau o oportunitate de afaceri pentru companiile de cale ferată, care le construiau la capăt de linie, astfel încât navetiştii să aibă motiv să ia trenul şi la sfârşitul săptămânii. Ştii unde lucrez? obişnuia să întrebe Eddie. *La capăt de linie. Acolo muncesc.*

— Folosind lemnul şi oţelul pe care le deţinea deja, continuă bătrâna, Emile a construit cel mai minunat loc, un parc uriaş. Apoi a adăugat atracţiile magice, curse şi carusele, şi excursii cu barca, şi căi ferate în miniatură. Adusese un carusel din Franţa şi o roată panoramică de la o expoziţie internaţională din Germania. Parcul avea turnuri şi turle şi mii de luminiţe aprinse. Era atât de luminos, încât se vedea de pe puntea navelor de pe ocean. Emile a angajat sute de muncitori, muncitori municipali, şi oameni de circ, şi muncitori străini. A adus animale, şi acrobaţi, şi clovni. Intrarea a fost ultimul lucru finalizat. Era grandioasă. Toată lumea spunea asta. Când a fost gata, m-a dus acolo legată la ochi. Apoi m-a dezlegat şi am văzut-o.

Bătrâna se îndepărtă la un pas de Eddie. Se uită la el, curioasă şi un pic dezamăgită.

— Intrarea, spuse. Nu ţi-o aduci aminte? Nu te-ai întrebat niciodată de unde vine numele parcului? Parcul în care ai lucrat. Unde a lucrat tatăl tău.

Îşi puse mâna înmănuşată la piept. Se înclină uşor, ca şi cum s-ar fi prezentat formal.

— Sunt Ruby, spuse.

Azi este ziua de naștere a lui Eddie

A împlinit 33 de ani. Se trezește brusc, gâfâind. Părul negru, des, este ud de sudoare. Clipește repede în întuneric, încercând disperat să se concentreze asupra brațelor, degetelor, orice, numai să revină la realitate, să se simtă aici, în apartamentul de deasupra brutăriei, nu în război, înapoi în sat, în timpul incendiului. Visul acela. Oare va înceta vreodată?

E aproape 4.00 dimineața. N-are rost să se mai culce la loc. Așteaptă să i se calmeze respirația, apoi se dă ușor jos din pat, încercând să nu o trezească pe soția lui. Pune jos mai întâi piciorul drept, din obișnuință, ca să evite să se sprijine pe stângul, pentru că e înțepenit. Diminețile lui Eddie încep mereu la fel. Un pas normal, unul șchiopătat.

În baie, își vede ochii injectați și-și dă cu apă pe față. Visează mereu același lucru: rătăcește prin flăcările din Filipine, în ultima sa noapte în război. Colibele din sat sunt înghițite de foc, se aude un zgomot constant, ascuțit, un scârțâit. Ceva invizibil îl lovește în picioare și el se năpustește într-acolo, dar ratează, apoi se năpustește iar, și ratează din nou. Flăcările se întețesc, cu huruit de motor, apoi apare Smitty și strigă la Eddie. Îi strigă „Haide! Haide! Haide!" Apoi ceva îl apucă de picioare, trăgându-l sub pământul mocirlos.

Și se trezește. Transpirat. Gâfâind. Mereu același lucru. Partea cea mai rea nu este insomnia. Partea cea mai rea este sentimentul de întuneric care-l domină după ce se trezește, ca o peliculă gri care-i înnorează ziua. Chiar și în momentele de fericire se simte ca încuiat, blocat într-un strat gros de gheață.

Se îmbracă fără să facă zgomot și coboară scările. Taxiul este parcat lângă colț, la locul său obișnuit; Eddie șterge umezeala de pe parbriz. Lui Marguerite nu-i spune niciodată despre întunericul acela. Ea îl mângâie pe păr și-l întreabă „ce-i cu tine?", iar el se limitează să răspundă „nimic, sunt frânt" și lasă lucrurile așa. Cum să-i explice așa ceva, când prezența ei ar trebui să-l facă să se simtă fericit?! Adevărul e că nici sieși nu-și poate explica. Tot ce știe este că în fața lui a apărut o piedică, blocându-i drumul, făcându-l să renunțe; renunțase să studieze ingineria și la ideea de a călători. Se așezase și se uita, spectator la propria viață. Și așa rămăsese.

În seara aceasta, Eddie se întoarce de la treabă și parchează taxiul lângă colț. Urcă încet scările. Din apartamentul său se aude muzică, un cântec familiar.

You made me love you
I didn't want to do it,
I didn't want to do it.

Deschide ușa și vede tortul de pe masă și o pungă albă, legată cu o fundă.

— Scumpule? strigă Marguerite din dormitor. Tu ești?

Ridică punga albă. Caramele. Din parc.

— „Mulți ani trăiască..." cântă cu vocea sa dulce Marguerite, apărând în cameră.

Este foarte frumoasă, în rochia cu imprimeuri, preferata lui Eddie, cu părul aranjat și buzele rujate. Eddie simte nevoia să tragă aer în piept, de parcă nu ar merita momentul acesta. Se luptă cu întunericul dinăuntrul său, alungându-l. „Lasă-mă în pace", îi spune. „Lasă-mă să simt ce ar trebui să simt."

Marguerite termină de cântat și îl sărută pe buze.

— Te bați cu mine pe niște caramele? îi susură.

El se apropie și-o sărută din nou. Cineva bate la ușă.

— Eddie! Ești acasă? Eddie?

Domnul Nathanson, brutarul, locuiește în apartamentul de la parter, din spatele magazinului. Are telefon. Când Eddie deschide, îl vede în ușă, îmbrăcat cu un halat de baie. Pare îngrijorat.

— Eddie, spune. Vino până jos. Te-a sunat cineva. Cred că s-a întâmplat ceva cu tatăl tău.

— SUNT RUBY.

Dintr-odată, totul are sens. Eddie își dădu seama de ce femeia aceea îi părea cunoscută. Văzuse o fotografie, undeva în spatele atelierului de reparații, printre vechile manuale și acte de proprietate ale parcului.

— Vechea intrare... spuse Eddie.

Femeia dădu din cap, mulțumită. Intrarea inițială de la Ruby Pier fusese un reper; o structură arcuită gigantică ce imita un templu francez, cu coloane spiralate și o cupolă în vârf. Chiar sub cupola aceea, pe sub care aveau să treacă toți proprietarii, fusese pictat chipul unei femei frumoase. *Această* femeie. Ruby.

— Dar intrarea a fost distrusă cu mult timp în urmă, spuse Eddie. Un... se opri.

— Incendiu? întrebă bătrâna doamnă.

— Da. Un incendiu imens.

Femeia își plecă bărbia și ochii săi priviră în jos, prin ochelari, de parcă ar fi citit ceva ce avea în poală.

— Era Ziua Independenței, 4 iulie, zi de sărbătoare. Lui Emile îi plăceau sărbătorile. Fac bine afacerilor, spunea el. Dacă mergea bine de Ziua Independenței, mergea bine tot anul. Așa că Emile făcuse toate aranjamentele necesare pentru focurile de artificii. Adusese o fanfară. Angajase chiar muncitori în plus, mai ales sezonieri, special pentru acel weekend. Dar ceva se întâmplă chiar cu o noapte înainte de sărbătoare. Era încă foarte cald, deși soarele apusese, și câțiva dintre muncitorii sezonieri au preferat să doarmă afară, în spatele magaziilor. Făcuseră focul într-un butoi din metal ca să-și pregătească mâncarea. Noaptea trecea, iar ei petreceau și beau. S-au dus și-au luat niște focuri de artificii, dintre cele mai mici. Le-au aprins. Bătea vântul. Scânteile s-au împrăștiat. Pe vremea aceea totul era făcut din lemn, parcul nostru era ca un chibrit, numai lemn şi gudron.

Clătină din cap.

— Restul s-a întâmplat foarte repede. Focul s-a întins până la aleea centrală, la standurile de mâncare şi la cuştile animalelor. Sezonierii au fugit. Până s-a găsit cineva să vină acasă să ne trezească, Ruby Pier era în flăcări. Incendiul portocaliu se vedea de la ferestrele noastre. Auzeam copitele cailor şi motoarele maşinilor de pompieri. Oamenii ieşiseră în stradă. L-am implorat pe Emile să nu se ducă, dar a fost inutil. Normal că voia să se ducă. S-a dus la focul mistuitor, încercând să salveze anii săi de muncă; când a luat foc intrarea, l-au cuprins furia şi frica. Intrarea cu chipul şi numele meu. Şi-a pierdut minţile, nemaiştiind unde se afla. Încerca să arunce găleţi cu apă, când o coloană s-a prăbuşit peste el.

Femeia îşi ridică mâna şi şi-o puse la gură.

— Într-o singură noapte viaţa noastră s-a schimbat pentru totdeauna. Pentru că îi plăcea riscul, Emile încheiase o asigurare minimă pentru parc. Şi-a pierdut averea. Darul splendid pe care mi-l făcuse dispăruse. În disperare de cauză, a vândut terenul carbonizat unui om de afaceri din Pennsylvania pe mult mai puţin decât valora. Omul de afaceri a păstrat numele, Ruby Pier, şi, după un timp, a redeschis parcul. Dar nu mai era al nostru. Şi spiritul, şi trupul lui Emile erau distruse. A fost nevoie de trei ani înainte să poată merge din nou pe picioarele sale. Ne-am mutat departe, într-un loc din afara oraşului, un mic apartament, unde am trăit o viaţă modestă. Îmi îngrijeam soţul şi, în tăcere, cultivam o singură dorinţă.

Se opri.

— Ce dorinţă? întrebă Eddie.

— Să nu fi construit niciodată locul acela.

BĂTRÂNA rămase în tăcere. Eddie privi cerul vast, de culoarea jadului. Se gândea că și el își dorise de multe ori același lucru, ca oricine construise Ruby Pier să fi făcut altceva cu banii aceia.

— Îmi pare rău pentru soțul dumneavoastră, spuse Eddie, mai mult pentru că nu știa ce altceva să zică.

Bătrâna zâmbi.

— Mulțumesc, dragule. Dar am trăit mulți ani după incendiul acela. Am crescut trei copii. Emile era bolnăvicios, adesea în spital. M-a lăsat văduvă la 50 de ani. Vezi chipul acesta, ridurile? Ridică obrajii. Am trăit fiecare rid în parte.

Eddie se încruntă.

— Nu înțeleg. Ne-am întâlnit vreodată? Ați venit vreodată în parc?

— Nu, spuse ea. N-am vrut să mai revăd parcul niciodată. Se duceau copiii mei. Și copiii copiilor mei. Dar eu nu. Ideea mea de rai era cât mai departe de ocean, înapoi în acel restaurant plin de oameni, când viața era simplă, când Emile îmi făcea curte.

Eddie își frecă tâmplele. Când respiră, ieșiră aburi.

— Și-atunci eu de ce mă aflu aici? întrebă. Vreau să zic, povestea ta, focul, totul s-a întâmplat înainte de a mă naște.

— Viața noastră este influențată și de lucrurile care preced venirea noastră pe lume. La fel și de oamenii care au trăit înainte ca tu să te naști. În fiecare zi trecem prin locuri care n-ar fi existat dacă nu ar fi existat alți oameni înaintea noastră. Locul unde muncim, unde ne petrecem timpul... Avem adesea impresia că acestea încep să existe când apărem noi acolo. Or, asta nu e adevărat.

Își împreună vârful degetelor de la mâini.

— Dacă Emile nu exista, nu aş fi avut un soţ. Dacă nu ne-am fi căsătorit, nu ar fi existat parcul. Iar dacă parcul nu ar fi existat, tu nu ai fi lucrat acolo.

Eddie se scărpină în cap.

— Deci, noi doi ne-am întâlnit ca să-mi vorbeşti despre muncă?

— Nu, dragule, răspunse Ruby pe un ton blând. Sunt aici să-ţi spun cum a murit tatăl tău.

LA TELEFON era mama lui Eddie. Tatăl său leşinase în după-amiaza aceea, la capătul dinspre est al falezei, lângă Junior Rocket Ride. Avea febră mare.

— Eddie, spuse mama sa cu vocea tremurândă, mi-e frică.

Îi spuse că într-o noapte, la începutul săptămânii, tatăl său venise acasă în zori, ud fleaşcă. Hainele îi erau pline de nisip. Îi lipsea un pantof. Mirosea a apă de mare, îi zise mama lui. Eddie paria că mirosea şi a băutură.

— Tuşea, i-a explicat maică-sa. Apoi starea i s-a înrăutăţit. Ar fi trebuit să chemăm imediat un doctor, terminase ea cu vocea înecată.

A doua zi se dusese la serviciu, aşa bolnav cum era, cu trusa lui de scule şi ciocanul cu cap rotund, cum făcea mereu, dar în seara aceea refuzase să mănânce şi se băgase în pat. Tuşea şi respira greu şi transpirase până la maiou. A doua zi se simţea şi mai rău. Azi, după-amiaza, leşinase.

— Medicul a spus că are pneumonie. Of, ar fi trebuit să fac ceva. Ar fi trebuit să fac ceva.

— Ce puteai să faci *tu*, mamă? întrebă Eddie.

Era supărat că lua toată vina asupra ei. Era vina beţivului de taică-su.

O auzi plângând prin telefon.

TATĂL LUI EDDIE OBIȘNUIA SĂ SPUNĂ că a petrecut atât de mulți ani lângă ocean, încât respirația lui era făcută din apă de mare. Acum, departe de acel ocean, pe patul unei camere de spital, corpul său începuse să se ofilească precum un pește pe uscat. Apărură complicații. Plămânii i se congestionară. Starea lui trecu de la favorabilă la stabilă și de la stabilă la gravă. De la „mâine îl vor trimite acasă" prietenii trecuseră la „peste o săptămână o să fie pe picioare". În lipsa tatălui său, Eddie se dusese să dea o mână de ajutor în parc, seara, după ce se întorcea cu taxiul; ungea piese, verifica plăcuțele de frână, testa manetele, uneori repara piesele stricate de la carusele aflate în atelier.

O făcea pentru a proteja locul de muncă al tatălui său. Proprietarii i-au răsplătit eforturile, plătindu-i jumătate din ce câștiga tatăl său. Eddie îi dădea banii mamei sale, care se ducea zi de zi la spital, unde, adesea, își petrecea și nopțile. Eddie și Marguerite îi făceau curat în apartament și piața.

Când Eddie era adolescent, dacă se arăta plictisit de parc, tatăl său izbucnea:

— Ce? Nu-i suficient de bun pentru tine?!

Ani mai târziu, când îi sugerase lui Eddie să se angajeze în parc după ce termina liceul și pe Eddie aproape-l pufnise râsul, tatăl său repetase:

— Ce? Nu-i suficient de bun pentru tine?!

Și înainte ca Eddie să se înroleze, când adusese vorba că voia să se căsătorească cu Marguerite și să se facă inginer, tatăl său spusese:

— Ce? Nu-i suficient de bun pentru tine?!

Iar acum, în ciuda tuturor acestor discuții, Eddie sfârșise în parc, făcând treaba tatălui său.

În cele din urmă, într-o seară, la insistenţele mamei sale, Eddie se duse în vizită la spital. Intră încet în cameră. Tatăl său, care de ani buni refuza să vorbească cu Eddie, acum nu avea putere nici măcar să încerce. Îl privi pe fiul său printre pleoapele grele. După ce se strădui să găsească măcar două vorbe de spus, Eddie făcu singurul lucru care-i veni în minte: ridică mâinile şi îi arătă tatălui său degetele pătate de vaselină.

— Nu-ţi face griji, băiete, spuneau ceilalţi angajaţi de la întreţinere. O să se facă bine. Este cel mai puternic afurisit de om pe care-l cunosc.

RAREORI PĂRINŢII SE DESPRIND DE PROPRIII COPII, prin urmare, copiii ajung să se despartă de părinţi. Merg mai departe. Se îndepărtează. Momentele care înainte îi defineau, binecuvântarea mamei, încuviinţarea tatălui, sunt înlocuite de propriile realizări. Copiii înţeleg abia mai târziu, când îşi fac apariţia ridurile şi inima slăbeşte: povestea lor, realizările lor se sprijină pe povestea părinţilor, cărămidă după cărămidă, chiar dacă acestea se află undeva în fundaţia vieţii lor, invizibile.

Când primise vestea că tatăl său murise, „expiase”, cum îi spusese o asistentă, de parcă era ceva minor, ca laptele care se termină din frigider, Eddie experimentase o furie ca un vid, o furie mută, prizonieră. Ca majoritatea fiilor de proletari, Eddie îşi imaginase o moarte eroică pentru tatăl, ceva care să contrabalanseze modul banal în care trăise. Dar nu era nimic eroic în a-ţi bea şi minţile undeva pe lângă plajă.

A doua zi, se duse la apartamentul părinţilor săi, intră în dormitor şi deschise toate sertarele, ca şi cum ar fi putut găsi înăuntru vreo bucată din tatăl său. Scotoci printre monede, un ac de cravată, o sticlă mică de brandy de mere, elastice, facturi de electricitate, pixuri, o brichetă cu o sirenă pe una din fețe... Apoi găsi un pachet de cărți de joc. Și-l puse în buzunar.

ÎNMORMÂNTAREA fusese una intimă și rapidă. În săptămânile care urmară, mama lui Eddie păruse complet dezorientată. Vorbea cu soțul ei de parcă încă era acolo. Striga la el să dea radioul mai încet. Continua să gătească pentru doi. Aranja ambele perne din pat.

Într-o seară, Eddie o văzu aranjând farfuriile pe blatul din bucătărie.

— Lasă-mă să te ajut, îi spuse.

— Nu, nu, răspunse ea, le pune taică-tu la locul lor.

Eddie îi puse o mână pe umăr.

— Mamă... zise cu blândețe. Tata nu mai e.

— Cum adică nu mai e?

A doua zi, Eddie s-a dus la dispecer și l-a anunțat că-și dădea demisia. Două săptămâni mai târziu, el și Marguerite s-au mutat înapoi în clădirea în care Eddie crescuse, pe strada Beachwood, apartament 6B, unde holurile erau înguste, iar fereastra de la bucătărie avea vedere spre carusel. Eddie acceptase un loc de muncă care să-i permită să o supravegheze pe mama sa, locul de muncă pentru care fusese pregătit vară după vară: angajat la departamentul de întreținere de la Ruby Pier. Eddie nu mărturisise niciodată nici soției sale, nici mamei sale, nimănui, că-l blestemase pe tatăl său pentru că murise și pentru că făcuse din el prizonierul unei vieți din care încercase să evadeze, o viață care, parcă-l auzea pe bătrân râzând din mormânt, era acum, se pare, suficient de bună pentru el.

Azi este ziua de naștere a lui Eddie

A împlinit 37 de ani. Micul-dejun i se răcea.

— Unde-i sarea? îl întreabă Eddie pe Noel.

Noel, cu gura plină de cârnat, se ridică pe canapeaua de la restaurant, se întinde spre o altă masă și ia solnița.

— Poftim, mormăie. La mulți ani!

Eddie agită solnița deasupra farfuriei.

— Cât de greu o fi să pui o solniță pe-o masă?

— Te pomenești că acum te crezi vreun director! zice Noel.

Eddie ridică din umeri. Dimineața este deja fierbinte și umedă. Aceasta este rutina lor: micul-dejun, o dată pe săptămână, sâmbăta dimineața, înainte să înceapă nebunia în parc. Noel are o curățătorie. Eddie îl ajutase să obțină un contract cu Ruby Pier pentru a spăla uniformele angajaților de la întreținere.

— Ce zici de flăcăul ăsta frumușel? spune Noel.

Deschisese revista Life *la o pagină cu poza unui tânăr candidat politic.*

— Cum să candideze pentru președinție? E un copilandru!

Eddie ridică din umeri.

— E cam de-o vârstă cu noi.

— Hai pe dracu'?! zice Noel ridicând dintr-o sprânceană. Și eu care crezusem că trebuie să fii bătrân ca să fii președinte.

— Suntem bătrâni, *mormăie Eddie.*

Noel închide revista. Coboară vocea.

— Hei, ai auzit ce s-a întâmplat la Brighton?

Eddie încuviințează. Ia o gură de cafea. Auzise. Un parc de distracții. Balansoarul gondolă. Ceva se rupsese. O mamă și fiul ei căzuseră de la 20 de metri înălțime. Muriseră.

— Știi pe cineva de-acolo? întreabă Noel.

Eddie își trece limba printre dinți. Din când în când, aude povești de genul ăsta, un accident într-un parc, și se scutură, ca și cum o viespe i-ar fi zburat pe la ureche. Nu trece nicio zi fără să se teamă că se va întâmpla și aici, la Ruby Pier, sub ochii săi.

— Nu, nu, zice. Nu știu pe nimeni la Brighton.

Privește spre fereastră. Un grup de oameni iese din gară și se îndreaptă spre plajă. Cară după ei prosoape și umbrele, coșuri din răchită cu sendvișuri învelite în hârtie. Unii au chiar noutatea momentului: scaune pliabile, fabricate din aluminiu ușor. Un bătrân cu o pălărie panama trece fumând un trabuc.

Uită-te la tipul ăla, spune Eddie. Să vezi că aruncă trabucul pe jos.

- Zici? spune Noel Și ce dacă?

— Cade în crăpături, apoi începe să ardă. Se simte mirosul. Din cauza chimicalelor cu care tratează lemnul. Face fum imediat. Ieri am prins un copil, nici patru ani n-avea, băgând chiștocul în gură.

Noel se strâmbă.

— Și?

Eddie se-ntoarce spre masă.

— Și nimic. Oamenii ar trebui să fie mai atenți, atâta tot.

Noel bagă în gură o bucată mare de cârnat.

— Auzi, tu ești mereu așa de ziua ta? Hazliu de mori?

Eddie nu răspunde. Vechiul său prieten, întunericul, luase loc lângă el. De-acum s-a obișnuit cu el și-i face loc, așa cum un navetist face loc altuia într-un autobuz aglomerat.

Se gândește la câtă treabă o să aibă azi. Oglinda spartă de la Fun House. Apărătoare noi pentru mașinuțele bușitoare. Adeziv, își notează în minte, trebuie să mai comand adeziv. Se gândește la săracii oameni de la Brighton. Se întreabă cine o fi șeful acolo.

— La ce oră termini azi? întreabă Noel.

Eddie oftează.

— O să fie o zi lungă. E vară. E sâmbătă. Știi tu.

Noel ridică dintr-o sprânceană.

— Ai putea s-o tai pe la șase.

Eddie se gândește la Marguerite. Se gândește întotdeauna la Marguerite când Noel vorbește despre chiulit.

— Ce dracu'! E ziua ta! zice Noel.

Eddie își înfige furculița în ouă, prea reci de-acum.

— Bine, spune.

Lecția numărul trei

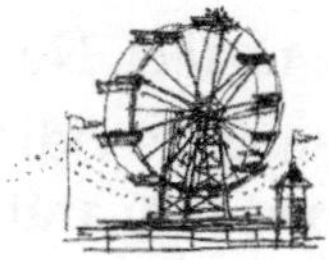

— A FOST CHIAR AȘA DE RĂU SĂ LUCREZI ÎN PARC? întrebă doamna în vârstă.

— Nu a fost alegerea mea, spuse Eddie oftând. Mama avea nevoie de ajutor. Un lucru a dus la altul. Anii au trecut. N-am mai plecat. N-am trăit nicăieri altundeva. Nu am făcut niciodată bani cu adevărat. Știți cum e, te obișnuiești, oamenii contează pe tine și-ntr-o bună zi te trezești că nu mai știi dacă e marți sau dacă e joi. Faci aceleași lucruri plictisitoare, ești un „om de la parc", la fel ca...

— Tatăl tău?

Eddie nu răspunse.

— A fost dur cu tine, spuse doamna în vârstă.

Eddie își coborî privirea.

— Mda. Și?

— Poate că și tu ai fost prea dur cu el.

— Mă-ndoiesc. Știți când a fost ultima dată când a vorbit cu mine?

— Ultima dată când a încercat să te lovească.

Eddie îi aruncă o privire.

— Şi ştiţi care a fost ultimul lucru pe care mi l-a spus? „Caută-ţi de lucru.” Aşa tată...

Bătrâna doamnă îşi ţuguie buzele.

— Dar ai început să lucrezi după aceea. Te-ai adunat.

Pe Eddie îl cuprinse o furie vulcanică.

— Ştiţi ceva?! se răsti el. Nu l-aţi cunoscut pe tata.

— Adevărat. Femeia se ridică. Dar ştiu ceva ce tu nu ştii. Şi a venit vremea să-ţi arăt.

RUBY ÎNFIPSE VÂRFUL UMBRELEI în zăpadă şi desenă un cerc. Când Eddie privi în interiorul cercului, simţi ca şi cum ochii i-ar fi căzut din orbite şi-ar fi pornit pe cont propriu, în jos, printr-o gaură care ducea la un alt moment. Imaginile deveniră mai clare. Vedea vechiul apartament, cum fusese cu ani în urmă. Ochii săi vedeau simultan şi în faţă, şi în spate, şi în sus, şi în jos.

Scena era următoarea:

Mama lui, îngrijorată, stătea la masa de la bucătărie. Mickey Shea stătea de partea cealaltă a mesei. Arăta îngrozitor. Era ud fleaşcă şi-şi tot freca mâinile pe frunte şi în jos, pe nas. Începuse să plângă în hohote. Mama lui Eddie îi aduse un pahar cu apă. Îi făcu semn să aştepte şi se îndreptă spre dormitor, închizând uşa după ea. Îşi scoase pantofii şi rochia de casă. Se întinse după o bluză şi o fustă.

Eddie vedea toate camerele, dar nu auzea ce-şi spuneau cei doi, era doar un zgomot înfundat. Îl văzu pe Mickey, în bucătărie, ignorând paharul cu apă, scoţând o sticlă mică din jachetă şi trăgând o duşcă. Apoi, încet, se ridică şi se îndreptă spre dormitor. Deschise uşa.

Eddie o văzu pe mama sa, pe jumătate îmbrăcată, întorcându-se, surprinsă. Mickey se clătina. Își trase un halat pe ea. Mickey se apropie. Mâna ei se întinse instinctiv, să-l oprească. Mickey încremeni, doar o clipă, apoi îi apucă mâna, o trase pe mama lui Eddie și o împinse de perete, aplecându-se spre ea, apucând-o de talie. Mama lui Eddie se zbătu, apoi țipă și-l împinse pe Mickey cu o mână, continuând să țină strâns halatul cu cealaltă. Mickey era mai mare și mai puternic și-și înfundă fața nebărbierită pe gâtul ei, udându-i-l de lacrimi.

Apoi se deschise ușa din față; tatăl lui Eddie era acolo, ud de la ploaie, cu un ciocan cu cap rotund agățat la centură. Alergă spre dormitor și-l văzu pe Mickey atacând-o pe soția sa. Tatăl lui Eddie făcu ochii mari. Ridică ciocanul. Mickey își puse mâinile pe cap, își făcu vânt spre ușă și fugi, dându-l la o parte pe tatăl lui Eddie. Mama lui Eddie plângea, pieptul i se zbătea și avea chipul acoperit de lacrimi. Soțul ei o apucă de umeri. O scutură violent. Halatul căzu de pe ea. Urlau amândoi. Apoi tatăl lui Eddie ieși din apartament, spărgând cu ciocanul o lampă în drumul său. Coborî treptele în fugă și dispăru în noaptea ploioasă.

— CE-A FOST ASTA? strigă Eddie uluit. Ce dracului s-a întâmplat ACOLO?!

Bătrâna doamnă nu spuse nimic. Făcu un pas în lateral, îndepărtându-se de cercul din zăpadă, și desenă altul. Eddie încercă să nu se uite în jos. Dar nu se putu abține. Ochii i se prăbușeau din nou, spre o altă scenă.Văzu partea cea mai îndepărtată de la Ruby Pier, „punctul nordic", cum îi ziceau, cuprins de furtună. Un ponton îngust care se întindea până departe, în ocean. Cerul era negru-albăstrui. Ploua cu găleata. Mickey Shea mergea poticnindu-se spre marginea pontonului.

Căzu la pământ, icnind. Rămase acolo un moment, cu fața spre cerul întunecat, apoi se rostogoli pe-o parte, sub balustrada din lemn. Căzu în mare.

Tatăl lui Eddie apăru câteva momente mai târziu, agitându-se dintr-o parte în alta, cu ciocanul încă în mână. Apucă balustrada cu mâinile, cercetând apa. Vântul sufla ploaia pieziș. Hainele îi erau înmuiate de apă, iar centura de scule din piele era atât de udă, că părea neagră. Văzu ceva în valuri. Se opri, își scoase centura, își smulse un pantof din picior, încercă să-l desfacă și pe celălalt, renunță, se lăsă sub balustradă și sări, căzând cu stângăcie în apele cenușii ale oceanului.

Mickey se zbătea în valurile care se rostogoleau, pe jumătate inconștient, cu un fluid galben ieșindu-i din gură. Tatăl lui Eddie înotă spre el, răcnind împotriva vântului. Reuși să-l prindă. Mickey se răsuci. Tatăl lui Eddie îl răsuci înapoi. Cerul bubuia de tunete și ploua cu găleata. Îl apucă și-l scăpă sub lovitura unui val.

Mickey tuși puternic, în timp ce tatăl lui Eddie îl apucă de un braț, punându-și-l pe umăr. Se scufundă, apoi ieși la suprafață, sprijini corpul lui Mickey de al său și porni spre mal. Brațele sale loveau apa. Se mișcau înainte. Un val îi trase înapoi. Apoi înaintă din nou. Oceanul se frământa și se spărgea, dar tatăl lui Eddie îl ținea strâns pe Mickey de subraț, împingându-se înainte cu picioarele, clipind disperat pentru a putea vedea.

Prinseră creasta unui val și reușiră să se apropie mai mult de mal. Mickey gemu și gâfâi. Tatăl lui Eddie scuipă apa de mare. Păru să dureze o veșnicie, ploaia care nu înceta, spuma albă a valurilor care continua să-i plesnească peste față, cei doi bărbați gemând și abia trăgându-și brațele. Apoi un val mare îi ridică, în sfârșit, și-i aruncă pe nisip; tatăl lui Eddie se rostogoli de sub Mickey, îl apucă de subsuori cu mâinile, trăgându-l departe de apă pentru a nu fi înghițit iar de valuri. Când mareea se retrase, mai trase o dată de Mickey, cu ultimele puteri, apoi se prăbuși pe mal. Gura i se deschise, umplându-i-se cu nisip ud.

LUI EDDIE ÎI REVENI VEDEREA. Se simțea epuizat, golit, ca și cum ar fi fost el însuși în oceanul acela. I se învârtea capul. Crezuse că știa totul despre tatăl său, iar acum nu mai știa nimic.

— Ce făcea *acolo*? întrebă Eddie în șoaptă.

— Își salva prietenul, spuse Ruby.

Eddie se uită urât la ea.

— Mda, halal prieten. Dacă aș fi fost în locul lui, îl lăsam să se înece pe bețivul ăla.

— Așa se gândise și tatăl tău, spuse bătrâna doamnă. Fugise după Mickey să-l bată, poate chiar să-l omoare. Dar, în cele din urmă, nu a fost în stare. Știa cine era Mickey. Îi știa defectele. Știa că bea. Știa că judecata i se întunecase. Dar cu mulți ani înainte, când tatăl tău căuta un loc de muncă, fusese Mickey cel care se dusese la șefii de la parc să pună o vorbă bună pentru el. Și când te-ai născut tu, Mickey a fost cel care le-a împrumutat părinților tăi puținii bani pe care-i avea, pentru a-i ajuta să hrănească o gură în plus. Tatăl tău lua în serios vechile prietenii...

— Stați așa, doamnă, izbucni Eddie. Ați văzut ce voia bastardul ăla să-i facă maică-mii?!

— Am văzut, spuse ea tristă. A greșit. Dar lucrurile nu sunt întotdeauna așa cum par. Mickey fusese concediat în după-amiaza aceea. Îl prinseseră iar dormind, prea beat să se poată trezi. Angajatorii îi spuseseră că era picătura care umpluse paharul. Iar el primise vestea așa cum primea toate veștile proaste, bând și mai mult. Când a ajuns acasă la mama ta, era îmbibat de whisky. Cerșea ajutor. Își voia slujba înapoi. Tatăl tău lucrase până târziu. Mama ta urma să-l ducă pe Mickey la el. Mickey era necioplit, dar nu era un om rău. În acel moment, era pierdut, cu minţile rătăcite, a făcut ce-a făcut din singurătate şi disperare. A acţionat din impuls. Un impuls prost. Şi tatăl tău tot din impuls a acţionat şi, cu toate că primul impuls a fost să ucidă, a câştigat impulsul de a salva viaţa unui om.

Îşi încrucişă mâinile pe mânerul umbrelei.

— Aşa s-a îmbolnăvit. A rămas acolo, pe plajă, ore întregi, cu hainele ude, epuizat, înainte de a-şi putea aduna forţele să ajungă acasă. Tatăl tău nu mai era tânăr. Avea deja 50 de ani.

— Cincizeci şi şase, spuse Eddie absent.

— Cincizeci şi şase, repetă bătrâna doamnă. Trupul său era slăbit, oceanul a agravat situaţia, s-a îmbolnăvit de pneumonie, ceea ce a condus la moartea sa.

— Din cauza lui Mickey? întrebă Eddie.

— Din loialitate, răspunse ea.

— Oamenii nu mor din loialitate.

— Zici? Femeia zâmbi. Şi atunci cum rămâne cu religia? Cu patria? Nu suntem loiali acestor lucruri, uneori până la moarte?

Eddie ridică din umeri.

— E mai bine să fim loiali unul celuilalt, spuse ea.

CEI DOI RĂMASERĂ MULT TIMP după aceea în valea din munţii înzăpeziţi. Cel puţin, lui Eddie i se păruse mult timp. De-acum, nu mai era sigur de durata lucrurilor.

— Ce s-a întâmplat cu Mickey Shea? întrebă Eddie.

— A murit singur, câţiva ani mai târziu, răspunse bătrâna doamnă. Băutura l-a băgat în mormânt. Nu s-a iertat niciodată pentru ceea ce s-a întâmplat.

— Dar tata nu a spus niciodată nimic, zise Eddie frecându-se pe frunte.

— Nu a mai vorbit niciodată despre noaptea aceea, nici cu mama ta, nici cu altcineva. Îi era rușine de ea, de Mickey, de el însuși. Când a ajuns la spital, s-a închis în el, refuzând să mai vorbească. A fost modul său de a evada, dar tăcerea este rareori un refugiu. Gândurile au continuat să-l bântuie. Apoi, într-o noapte, respirația lui a încetinit și ochii i s-au închis și nu a mai putut fi trezit. Medicii au spus că intrase în comă.

Eddie își aminti de noaptea aceea. Un alt apel la domnul Nathanson. Alte bătăi la ușă.

— După aceea, mama ta nu a mai plecat de la căpătâiul lui. Zi și noapte. Se jelea ca pentru sine, încet, de parcă s-ar fi rugat: „Ar fi trebuit să fac ceva. Ar fi trebuit să fac ceva." În cele din urmă, într-o noapte, la insistențele medicilor, s-a dus acasă să se odihnească. A doua zi dimineață, devreme, o asistentă medicală l-a găsit tatăl tău pe jumătate prăbușit pe fereastră.

— Stați așa, spuse Eddie. Miji ochii. Pe fereastră?

Ruby încuviință.

— Tatăl tău se trezise, la un moment dat, în timpul nopții. Se ridicase din pat, împleticindu-se prin salon, și găsise puterea de a ridica fereastra s-o deschidă. Cu firul de voce care-i mai rămăsese, v-a strigat pe mama ta, pe tine, pe fratele tău Joe. Și-l strigase și pe Mickey. Probabil că, în momentul acela, din inima sa se revărsau vinovăția și toate regretele. Poate că simțise lumina morții apropiindu-se. Sau poate știa că voi toți vă aflați undeva pe-acolo, pe străzile de sub fereastra sa. S-a aplecat peste pervaz. Noaptea era rece. Pentru starea sa, vântul și umezeala au fost prea mult. A murit înainte de răsăritul soarelui.

Asistentele care l-au găsit l-au târât înapoi în pat. Le-a fost frică să nu-şi piardă slujbele şi n-au suflat niciodată un cuvânt despre asta. Povestea pe care au spus-o a fost că a murit în somn.

Eddie se lăsă pe spate, uluit. Se gândea la imaginea aceea finală. Tatăl său, armăsar de război, un om dur, încercând să se caţăre pe fereastră. Unde se ducea? Ce-i trecea prin minte? Cu ce regrete plecase? Că nu-şi explicase moartea sau că nu-şi explicase viaţa?

— DE UNDE ŞTIŢI toate astea? o întrebă Eddie pe Ruby.

Ea oftă.

— Tatăl tău nu a avut bani pentru o rezervă la spital. Nici bărbatul care se afla dincolo de perdeaua care-i despărţea.

Femeia făcu o pauză.

— Emile. Soţul meu.

Eddie îşi ridică privirea. Îşi lăsă capul pe spate, de parcă tocmai rezolvase un rebus.

— Înseamnă că l-aţi văzut pe tata.

— Da.

— Şi pe mama.

— Am auzit-o jelind în nopţile acelea singuratice. Nu am vorbit niciodată. Dar după moartea tatălui tău, m-am interesat în legătură cu familia ta. Când am aflat unde a lucrat, am simţit o durere usturătoare, ca şi cum aş fi pierdut o persoană dragă. Parcul care-mi purta numele. I-am simţit umbra blestemată şi, încă o dată, mi-am dorit să nu fi fost construit niciodată. Această dorinţă m-a urmat în rai, chiar şi în timp ce te-am aşteptat.

Eddie nu înţelegea nimic.

— Restaurantul, spuse ea indicând spre scânteia de sus, din munţi. Este acolo pentru că mi-am dorit să mă întorc la anii tinereţii mele, la o viaţă simplă, dar sigură. Şi mi-am dorit ca toţi cei care au suferit vreodată la Ruby Pier, că era vorba de accident, incendiu, bătaie, alunecare sau cădere, să fie în siguranţă. Îmi doream să se simtă cum mă simţeam eu cu Emile, la căldură, bine hrăniţi, într-un loc primitor, departe de mare.

Ruby se ridică în picioare şi Eddie făcu la fel. Nu reuşea să-şi ia gândul de la modul în care murise tatăl său.

— L-am urât, murmură.

Doamna în vârstă încuviinţă.

— A fost îngrozitor cu mine când eram mic. Şi a devenit şi mai rău când am crescut.

Ruby se apropie de el.

— Edward... zise cu blândeţe. Era prima dată când îi spunea pe nume. Ascultă-mă. Furia este o otravă. Te mănâncă de viu, pe dinăuntru. Considerăm că ura este o armă ce atacă persoana care ne-a rănit. Dar ura este o armă cu dublu tăiş. Iar răul pe care îl facem ni-l facem nouă. Iartă, Edward. Iartă. Îţi aminteşti uşurătatea pe care ai simţit-o când ai ajuns pentru prima dată în rai?

Eddie îşi amintea. *Unde mi-au dispărut durerile?*

— Se întâmplă aşa pentru că nimeni nu cunoaşte mânia când se naşte. Iar când murim, sufletul este eliberat de ea. Dar acum, aici, pentru a merge mai departe, trebuie să înţelegi de ce ai simţit acele lucruri şi de ce nu mai e nevoie să le simţi.

Îi atinse mâna.

— Trebuie să-l ierţi pe tatăl tău.

EDDIE SE GÂNDI la anii de după moartea tatălui său. La faptul că nu reuşise să se realizeze în nicio privinţă, la faptul că nu plecase niciodată, nicăieri. În tot acel timp Eddie îşi imaginase o altă viaţă, viaţa „cum ar fi fost dacă...", cum ar fi fost viaţa lui dacă tatăl său nu ar fi murit şi mama sa nu s-ar fi îmbolnăvit. De-a lungul anilor, preamărise acea viaţă imaginară şi îl făcuse răspunzător pe tatăl său pentru tot ce ratase: îşi pierduse libertatea, cariera, speranţa. Nu se ridicase niciodată deasupra muncii murdare şi obositoare pe care tatăl său i-o lăsase moştenire.

— Când a murit, spuse Eddie, a luat o parte din mine cu el. Am rămas prizonier.

Ruby clătină din cap.

— Nu tatăl tău este motivul pentru care nu ai părăsit niciodată parcul.

Eddie îşi ridică privirea.

— Şi-atunci care e?

Doamna îşi aranjă fusta. Apoi ochelarii. Şi-ncepu să se îndepărteze.

— Mai sunt doi prieteni pe care trebuie să-i întâlneşti, zise ea.

Eddie încercă să spună „staţi", dar un vânt rece aproape că îi smulse vorbele din gât. Apoi totul deveni negru.

RUBY DISPĂRUSE. Se afla din nou în vârful muntelui, afară, lângă restaurant, stând în picioare în zăpadă.

Eddie rămase acolo vreme îndelungată, singur, în tăcere, până când îşi dădu seama că doamna bătrână nu se mai întorcea. Apoi se duse spre uşă şi o deschise încet. Auzi zdrăngănit de tacâmuri şi de farfurii. Mirosea a mâncare proaspăt gătită: pâine, carne şi sosuri. Spiritele celor care pieriseră în parc se aflau acolo, discutând unele cu celelalte, mâncând, bând şi vorbind.

Eddie porni şovăind, ştiind de ce se afla acolo. Se întoarse spre dreapta, la separeul din colţ, unde spiritul tatălui său fuma din trabuc. Îl trecu un fior. Se gândi la bătrânul atârnat pe fereastra spitalului, murind singur, în mijlocul nopţii.

— Tată? spuse Eddie în şoaptă.

Tatăl său nu-l putea auzi. Eddie se apropie.

— Tată. Acum ştiu ce s-a întâmplat.

Simţi un nod în capul pieptului. Căzu în genunchi lângă separeu. Tatăl său era atât de aproape, încât Eddie îi putea vedea ridurile de pe faţă şi capătul arzând al trabucului. Îi văzu cearcănele de sub ochii obosiţi, nasul acvilin, degetele osoase şi umerii pătrăţoşi de om muncit. Se uită la propriile braţe şi îşi dădu seama că trupul său pământesc era acum mai bătrân decât al tatălui său. Îi supravieţuise din toate punctele de vedere.

— Am fost furios pe tine, tată. Te-am urât.

Eddie simţi că-i dădeau lacrimile. Şi un tremurat în piept. Ceva ieşea din el, golindu-l.

— M-ai bătut. M-ai ignorat. Nu înţelegeam. Nu înţeleg nici acum. De ce ai făcut-o? De ce?

Se lăsă cuprins de suspine.

— Nu am ştiut, să ştii. N-am ştiut nimic despre viaţa ta, despre ce ţi s-a întâmplat. Nu am ştiut. Dar eşti tatăl meu. Şi acum vreau să trec peste toate astea, da? Da? Putem să uităm totul?

Bolborosea, tonul i se ascuţise a jale, vocea parcă nu mai era a lui.

— DA? MĂ AUZI? strigă el. Apoi mai încet: Mă auzi? Tată?

Se aplecă, apropiindu-se. Privi mâinile murdare ale tatălui său. Rosti în șoaptă ultimele cuvinte familiare.

— Am reparat totul.

Eddie lovi masa, apoi se prăbuși pe podea. Când ridică privirea, o văzu pe Ruby de partea cealaltă, tânără și splendidă. Femeia își plecă fruntea, deschise ușa și se ridică spre văzduhul verde ca jadul.

JOI, ora 11.00

Cine va plăti pentru înmormântarea lui Eddie? Nu mai avea rude în viață. Nu lăsase absolut nicio instrucțiune. Corpul său rămase la morga orașului, ca și hainele și bunurile personale, cămașa de la uniforma de lucru, șosetele și pantofii, șapca din in, verigheta, țigările și sârmele de curățat țevi, toate așteptând să fie revendicate.

În cele din urmă, domnul Bullock, proprietarul parcului, plăti cheltuielile folosind banii din salariul pe care Eddie nu-l mai putea încasa. Coșciugul era o cutie din lemn. Biserica a fost aleasă în funcție de locație – cea mai apropiată de parc –, dat fiind că majoritatea participanților trebuia să se întoarcă la locul de muncă.

Cu câteva minute înainte de slujbă, pastorul îl chemă în biroul său pe Dominguez, care era îmbrăcat cu o haină sport bleumarin și blugii negri buni.

— Îmi poți spune, te rog, ce calități speciale avea defunctul? întrebă pastorul. Înțeleg că ați fost colegi.

Dominguez înghiți în sec. Nu se simțea deloc confortabil în preajma preoților. Își împreună degetele cu seriozitate, ca și cum trebuia să se gândească puțin, apoi spuse pe cât de încet considera el că trebuia să se vorbească într-o situație ca aceasta.

— Eddie și-a iubit foarte mult soția, spuse într-un final.

Își desprinse degetele, adăugând repede:

— Pe care eu nu am cunoscut-o niciodată, desigur.

A patra persoană pe care Eddie o întâlnește în rai

EDDIE CLIPI ŞI SE TREZI ÎNTR-O CAMERĂ MICĂ, rotundă. Munţii dispăruseră şi cerul de jad odată cu ei. Aproape că dădu cu capul de tavan. Camera era maro, maro simplu, ca hârtia de împachetat, şi goală, cu excepţia unui scaun din lemn şi a unei oglinzi fixate pe perete.

Eddie păşi în faţa oglinzii. Nu văzu nimic. Doar partea camerei care se afla în spatele său şi care se mărise, brusc. Pe perete apăruse un rând de uşi. Eddie se-ntoarse.

Apoi tuşi.

Sunetul îl făcu să tresară, de parcă ar fi venit de la altcineva. Tuşi din nou, o tuse grea, din adâncul pieptului, ca şi cum organele din piept trebuiau reaşezate la locul lor.

Asta când începuse? se întrebă în gând. Eddie îşi atinse pielea, care părea mai îmbătrânită decât în timpul întâlnirii cu Ruby. O simţea mai subţire şi mai uscată. Partea de sus a corpului, care în timpul întâlnirii cu căpitanul era tare şi flexibilă precum cauciucul, era acum fleşcăită, lăsată din cauza vârstei.

Mai sunt doi prieteni pe care trebuie să-i întâlneşti, spusese Ruby. Şi dup-aia? Simţea o durere surdă în şale. Piciorul rănit era din ce în ce mai înţepenit. Îşi dădu seama ce se întâmpla, ce se întâmplase la fiecare nouă etapă din rai. Corpul său se deteriora.

SE APROPIE DE UNA DINTRE UŞI şi o deschise. Dintr-odată, era afară, în curtea unei case pe care nu o văzuse niciodată, într-un loc pe care nu-l recunoştea, în mijlocul a ceea ce părea a fi o petrecere de nuntă. Oaspeţii, cu farfurii din argint în mână, erau răspândiţi pe peluza din faţa casei. La un capăt se afla un arc acoperit cu flori roşii şi ramuri de mesteacăn, iar la celălalt capăt, lângă Eddie, se afla uşa pe care intrase. Mireasa, tânără şi frumuşică, era în mijlocul grupului şi-şi scotea un ac din părul de culoarea untului. Mirele era foarte înalt. Purta un costum negru de nuntă şi ridica o sabie; pe plăselele sabiei se afla un inel. Îl coborî spre mireasă, iar oaspeţii aclamară când ea îl luă. Eddie le auzea vocile, dar vorbeau într-o limbă străină. Germană? Suedeză?

Tuşi din nou. Grupul îşi îndreptă privirea spre el. Fiecare persoană părea să zâmbească, iar zâmbetul lor îl speria pe Eddie. Fugi repede pe uşa prin care intrase, gândindu-se că va ajunge în camera rotundă. Când colo, sfârşi în mijlocul altei nunţi, în interior de data asta, într-un salon mare; oamenii arătau a spanioli, iar mireasa purta în păr flori de portocal. Dansa, trecând de la un partener la altul, şi fiecare oaspete îi înmâna un mic sac cu monede.

Eddie tuşi din nou – nu se putea abţine – şi, când mai mulţi oaspeţi se uitară la el, fugi iar pe uşă şi sfârşi, din nou, la o nuntă, ceva african, se gândi Eddie, unde familiile turnau vin în pământ, iar cuplul, ţinându-se de mâini, sări peste o mătură. Următoarea trecere prin uşă îl duse la o recepţie de nuntă în China; aici se aprindeau artificii în faţa participanţilor care aplaudau. Apoi o luă pe altă uşă către altă nuntă (din Franţa?), la care mirii beau împreună dintr-o cupă cu două mânere.

Cât o să mai dureze? se întrebă în gând. La nicio petrecere nu văzuse vreun semn care să indice cum ajunseseră oamenii acolo, nu maşini, nu autobuze, nu trăsuri, nu cai. Plecarea nu părea să fie o problemă. Oaspeţii se învârteau pe-acolo, iar Eddie era primit ca unul dintre ei, cu zâmbete, dar nu-i adresase nimeni nicio vorbă, exact cum se întâmplase la duzina de nunţi la care participase el pe pământ. Prefera aşa. În mintea lui Eddie, nunţile erau pline de momente jenante, când cuplului i se cerea să danseze, spre exemplu, sau să ridice mireasa cu scaun cu tot. Piciorul rănit parcă-i strălucea în momentele acelea şi Eddie se simţea de parcă oamenii îl vedeau aprinzându-se ca un bec.

Din această cauză, Eddie refuzase mai multe petreceri, iar când se ducea, cel mai adesea stătea în parcare şi fuma, aşteptând să treacă timpul. Oricum, pentru o perioadă lungă, nu mai fuseseră nunţi la care să meargă. Abia în ultimii ani de viaţă, când unii dintre angajaţii tineri de la parc crescuseră şi îşi luaseră soţii, se trezi nevoit să scoată iar costumul decolorat din dulap şi să ia pe el cămaşa care îi strângea gâtul gros. De-acum, oasele odată fracturate ale piciorului se deformaseră şi deveniseră exostoză. Artrita îi invadase genunchiul. Şchiopăta accentuat şi, prin urmare, era scutit de participarea la momentele ceremoniale, cum ar fi dansul şi aprinderea lumânărilor. Era considerat un bătrân singur, o cunoştinţă, şi nimeni nu mai aştepta de la el prea multe, în afară de a zâmbi când trecea fotograful pe la masă.

Aici, acum, în hainele sale de muncă, se muta de la o nuntă la alta, de la o petrecere la alta, de la o limbă, un tip de tort și un tip de muzică la o altă limbă, alt tort și alt tip de muzică. Asemănările nu-l uimeau prea mult pe Eddie. Socotise dintotdeauna că nunțile nu erau prea diferite unele de altele nicăieri în lume. Ce nu înțelegea era ce treabă avea el cu toate astea.

Mai trecu o dată pragul și se trezi în ceea ce părea a fi un sat italian. Dealurile erau acoperite de vii și de ferme din piatră de travertin. Cei mai mulți bărbați aveau părul negru și des, pieptănat pe spate cu briliantină, iar femeile aveau ochii închiși la culoare și trăsături puternice. Eddie găsi un loc lângă un perete și-i urmări pe mireasă și pe mire tăind un butuc în jumătate cu un joagăr. Muzica răsuna, flautiști, violoniști, chitariști, iar oaspeții începură să danseze *tarantella* în ritm drăcesc, iute. Eddie făcu vreo câțiva pași înapoi. Ochii i se plimbară spre marginea mulțimii.

O domnișoară de onoare, îmbrăcată într-o rochie lungă de culoarea lavandei și cu o pălărie din paie pe cap, se deplasa printre oaspeți cu un coș cu migdale acoperite cu glazură. De departe, părea să aibă vreo 20 de ani.

Per l'amaro e il dolce? spunea ea, oferind dulciurile. *Per l'amaro e il dolce?... Per l'amaro e il dolce?*

La auzul vocii ei, Eddie simți cum tot corpul îi era cuprins de un tremurat. Începu să transpire. Ceva îi spuse să fugă, dar altceva îi înțepeni picioarele. Fata se îndreptă spre el. Ochii ei îl priviră pe sub borul pălăriei, care era împodobită cu flori din pergament.

Per l'amaro e il dolce? spuse ea zâmbind și întinzându-i migdalele.

O șuviță de păr negru îi căzu peste un ochi și Eddie simți că inima stătea să-i plesnească. Buzele i se întredeschiseră; sunetul care se formase în gâtul lui avu nevoie de ceva timp pentru a se auzi și formă prima literă a singurului nume care îl putea face să se simtă așa. Căzu în genunchi.

— Marguerite... șopti.

— *La bine și la rău,* spuse ea.

Azi este ziua de naștere a lui Eddie

Eddie și fratele său stau în atelierul de întreținere.

— Ăsta, spune Joe cu mândrie, ținând în mână o bormașină, este cel mai nou model.

Joe e îmbrăcat cu o jachetă sport în carouri și are pantofi Oxford, alb cu negru. Lui Eddie i se pare că fratele său arată prea dichisit - și prin dichisit vrea să spună neautentic -, dar Joe este agent de vânzări pentru o companie de scule acum, iar Eddie purtase același gen de haine ani întregi, așa că ce să știe el?

— Da, domnilor. Și, în plus, atenție, funcționează pe baterie.

Eddie ține bateria între degete, o chestie mică, denumită nichel cadmiu. Greu de crezut.

— Hai, pornește-o, spune Joe întinzând bormașina.

Eddie apasă pe buton. Mașinăria face un zgomot infernal.

— Drăguț, nu? urlă Joe.

În dimineața aceea, Joe îi spusese lui Eddie cât era noul său salariu. Era de trei ori mai mare decât al lui Eddie. Apoi Joe îl felicitase pe Eddie pentru promovare: șef al departamentului de întreținere la Ruby Pier, vechea slujbă a tatălui său. Eddie ar fi vrut să-i răspundă: „Dacă este așa de grozavă, de ce n-o iei tu, să fac eu ce faci tu?" Dar nu o făcu. Eddie nu spunea niciodată ce simțea în adâncul inimii sale.

— Bunăăă! E cineva pe aici?!

În ușă apare Marguerite, ținând în mână un teanc de bilete portocalii. Ca întotdeauna, ochii lui Eddie se îndreaptă spre chipul ei, spre pielea ei măslinie, spre ochii ei de cafea. Își luase o slujbă de vară la tonetele de bilete și era îmbrăcată cu uniforma oficială de la Ruby Pier: cămașă albă, vestă roșie, pantaloni mulați negri, o beretă roșie și un ecuson cu numele ei prins sub claviculă. Eddie se înfurie. Nu vrea ca fratele său să o vadă așa.

— Arată-i și ei bormașina, spune Joe.

Se întoarce spre Marguerite.

— Funcționează pe baterii.

Eddie apasă. Marguerite își pune mâinile la urechi.

— Face mai multă gălăgie decât tine când sforăi, spune ea.

— A-hahaha! râde Joe în gura mare. A-hahahaha. Ce ți-a zis-o!

Eddie își pleacă privirea, apoi vede că soția sa zâmbește.

— Poți ieși puțin? îl întreabă.

Eddie mișca bormașina în aer.

— Sunt la treabă.

— Doar un minut, te rog.

Eddie se ridică încet și o urmează pe ușă. Soarele îl orbește.

— LA MULȚI ANI, NENEA EDDIE!! *strigă la unison un grup de copii.*

— Așa să fie, spune Eddie.

Marguerite strigă:

— Gata, copii, puneți lumânările pe tort!

Copiii se întrec spre tortul de vanilie așezat pe o masă pliantă aflată în apropiere. Marguerite se apleacă spre Eddie și îi șoptește:

— Le-am promis că o să le stingi pe toate cele treizeci și opt dintr-odată.

Eddie râde înfundat. O privește pe soția sa organizând grupul. Ca întotdeauna când vine vorba despre Marguerite și despre copii, ușurința cu care comunică ea cu ei îl binedispune, întristându-l în același timp pentru că nu poate avea unul al ei. Un medic zisese că era prea anxioasă. Altul că au așteptat prea mult, că ar fi trebuit să rămână însărcinată pe la 25 de ani. Cu timpul, au rămas fără bani de dat la doctori. Aceea era situația.

De aproape un an, Marguerite tot vorbea despre adopție. Se dusese la bibliotecă. Adusese acasă documente. Eddie spusese că erau prea bătrâni. Iar ea răspunsese:

— Ce înseamnă prea bătrân pentru un copil?

Eddie îi răspunsese că se va gândi.

— Bine, strigă ea acum lângă tort. Haide, nenea Eddie! Suflă în ele! Oh, stai, stai...

Pescuiește dintr-o pungă un aparat de fotografiat, o invenție complicată cu tije și butoane și un bec rotund.

— Mi l-a împrumutat Charlene. E un Polaroid.

Marguerite încadrează imaginea, Eddie aplecat deasupra tortului, copiii strânși în jurul lui, admirând cele 38 de flăcări mici. Un copil îl înghiontește pe Eddie și spune:

— Hai, suflă odată!

Eddie privește în jos. Glazura este un dezastru, plină de amprente mici.

— Acum, spune Eddie, dar se uită la soția sa.

EDDIE SE HOLBĂ LA TÂNĂRA MARGUERITE.

— Nu eşti tu, spuse el.

Fata îşi coborî coşul cu migdale. Zâmbi trist. În spatele lor *tarantella* se încinsese; soarele dispărea încet dincolo de o panglică de nori albi.

— Nu eşti tu, repetă Eddie.

Dansatorii strigau *Heeeei!,* bătând din tamburine.

Ea îi întinse mâna. Eddie o prinse imediat, instinctiv, ca şi cum ar fi prins un obiect în cădere. Degetele lor se întâlniră; Eddie nu mai simţise niciodată aşa ceva; era de parcă o carne nouă, moale şi caldă creştea peste a sa. Fata îngenunche lângă el.

— Nu eşti tu, spuse el.

— Eu sunt, şopti ea.

Heeei!

— Nu eşti tu, nu eşti tu, nu eşti tu, murmură Eddie, lăsându-şi capul pe umărul ei.

Şi, pentru prima dată de la moartea sa, începu să plângă.

NUNTA LOR a avut loc în Ajunul Crăciunului, la etajul doi al unui restaurant chinezesc slab luminat numit *Sammy Hong*. Proprietarul, Sammy, acceptase să-l închirieze pentru noaptea aceea, socotind că oricum nu va avea prea mulţi muşterii. Eddie cheltuise pentru petrecere toţi banii care-i mai rămăseseră din soldă: friptură de pui şi legume chinezeşti, vin de Porto şi un acordeonist. Pentru că scaunele pentru ceremonie le trebuiau şi la masă, ospătarii le ceruseră oaspeţilor să se ridice imediat după ce mirii depuseseră jurămintele şi le duseseră jos, la mese. Acordeonistul stătea pe un scaun înalt, de bar. Ani mai târziu, Marguerite avea să glumească spunând că singurul lucru care mai lipsea erau „cartonașele de Bingo".

După ce terminaseră de mâncat, mirii primiseră câteva mici daruri, se ținuse un toast final, apoi acordeonistul își împachetase lucrurile și plecase.

Eddie și Marguerite au ieșit pe ușa din față. Ploua ușor, o ploaie rece, dar mireasa și mirele au mers acasă pe jos, dat fiind că era doar la câteva cvartale distanță. Marguerite purta rochia ei de mireasă sub un pulover gros, roz. Eddie era îmbrăcat cu haina de la costumul alb; cămașa îl strângea de gât. Se țineau de mână. Făceau zigzag printre petele de lumină de pe caldarâm. Totul din jurul lor părea dichisit.

SE SPUNE CĂ OAMENII „GĂSESC" DRAGOSTEA. De parcă ar fi vreun obiect ascuns după o piatră. Dragostea are multe chipuri, niciodată același pentru toți. Prin urmare, ce găsesc oamenii este certitudinea de a iubi. Iar Eddie găsise cu Marguerite și certitudinea de a iubi, și certitudinea de a fi iubit, o iubire recunoscătoare, profundă, dar silențioasă, o iubire care știa că era de neînlocuit. Când ea se dusese, zilele lui Eddie se goliseră de sens. Își trimisese inima la culcare.

Iar acum, iat-o, aici, din nou, la fel de tânără ca în ziua în care se căsătoriseră.

— Hai să ne plimbăm, spuse ea.

Eddie încercă să se ridice, dar genunchiul bolnav cedă. Marguerite îl ridică fără efort.

— Piciorul tău, spuse ea privind cicatricea vag, cu o tandrețe familiară.

Apoi ridică privirea și-i mângâie smocurile de păr de pe tâmple.

— Ai albit, adăugă zâmbind.

Limba lui Eddie era ca de plumb. Nu reușea decât să se holbeze la ea. Era exact așa cum și-o amintea. Mai frumoasă, de fapt, pentru că în ultimele sale amintiri Marguerite era o femeie mai în vârstă, suferindă. Rămase nemişcat lângă ea, tăcut, până când ochii ei întunecaţi se îngustară şi buzele i se deschiseră, cu ironie.

— Eddie. Chicotea. Așa de repede ai uitat cum arăt?

Eddie înghiţi în sec.

— Nu am uitat niciodată.

Marguerite îi atinse ușor fața, iar Eddie simţi cum o căldură i se răspândea prin tot corpul. Marguerite făcu un semn către sat și către oaspeţii care dansau.

— Numai nunţi, spuse ea fericită. Asta am ales. O lume de nunţi dincolo de fiecare ușă. Oh, Eddie, știi, e totul la fel, când mirele ridică vălul, când mireasa acceptă inelul, posibilitățile care se văd în ochii lor, este la fel în întreaga lume. Sunt cu adevărat convinși că iubirea lor și mariajul lor vor bate toate recordurile. Zâmbi. Crezi că noi am reușit?

Eddie nu știu ce să răspundă.

— Noi am avut un acordeonist, spuse.

SE ÎNDEPĂRTARĂ DE PETRECERE, sus, pe o alee pietruită. Muzica se stinse, devenind doar zgomot de fundal. Eddie voia să-i spună tot ce văzuse, tot ce i se întâmplase. Voia să o întrebe despre fiecare lucru mic și despre fiecare lucru mare. Se simţea tulburat, cuprins de anxietate. Habar n-avea de unde să înceapă.

— Ai trecut și tu prin asta? întrebă în cele din urmă. Te-ai întâlnit cu cinci prieteni?

Ea încuviință dând din cap.

— Dar alți cinci prieteni, spuse el.

Marguerite încuviință iar.

— Și ți-au explicat totul? A contat pentru tine?

Marguerite zâmbi.

— A schimbat totul. Îi atinse bărbia. Și-apoi am stat să te aștept.

Eddie îi privi ochii. Zâmbetul. Se întreba dacă așteptarea ei fusese ca a lui.

— Cât de multe știi... despre mine? Vreau să zic, de când...

Încă nu reușea să pronunțe cuvântul.

— De când ai murit?

Marguerite își scoase pălăria din paie și-și dădu la o parte de pe frunte șuvițele dese.

— Păi, știu tot ce s-a întâmplat când eram împreună... Își țuguie buzele. Iar acum știu și *de ce* s-a întâmplat.

Își puse mâinile pe piept.

— Și mai știu că m-ai iubit foarte mult.

Apoi îi luă și cealaltă mână. Eddie simți o căldură care-l toropea.

— Nu știu cum ai murit, spuse ea.

Eddie reflectă un moment.

— Nici eu nu sunt sigur, răspunse el. O fetiță. Rătăcea pe sub caruselul acela. Era necăjită.

Ochii lui Marguerite se făcură mai mari. Părea atât de tânără! Pentru Eddie era mai greu decât își închipuise să-i povestească soției sale despre ziua în care fusese omorât.

— Știi, acum sunt niște carusele noi, complet diferite ce cele de dinainte. Toată lumea vrea să se miște cu o mie de kilometri pe oră. Mă rog, atracția asta are niște vagonete care cad în gol, iar sistemul hidraulic ar trebui să le oprească, să le aducă în jos încet, dar ceva a tăiat cablul, un vagonet s-a desfăcut, încă nu-mi dau seama cum, și a căzut pentru că le-am spus să scoată frâna, adică, i-am spus lui Dom. E un flăcău care lucrează acum cu mine, nu a fost vina lui, eu i-am spus și apoi am încercat să-l opresc, dar nu m-a auzit, iar fetița asta stătea exact acolo și am încercat să ajung la ea. Am încercat să o salvez. I-am simțit mâinile mici, dar apoi am...

Se opri. Ea își înclină capul, îndemnându-l să continue.

Oftă din rărunchi.

— N-am vorbit niciodată așa de mult de când am ajuns aici.

Marguerite dădu din cap și zâmbi blând și, văzând-o, ochii lui Eddie începură să se umezească, îl cuprinse un val de tristețe și, dintr-odată, puf!, nimic nu mai conta, nici moartea sa, nici parcul, nici mulțimea care striga „pleacă de-acolo!" De ce vorbea despre asta? Ce făcea? Chiar era cu *ea*? Ca o jale ascunsă care se ridica spre inimă, Eddie simți cum sufletul i se umplea de emoții vechi, buzele începură să-i tremure și-l copleși gândul la tot ce pierduse. Se uita la soția sa, la soția sa moartă, la tânăra sa soție, la soția sa care se dusese, la singura sa soție și nu mai dorea să se uite.

— O, Doamne, Marguerite, șopti el. Iartă-mă, iartă-mă. N-am cuvinte. N-am cuvinte. N-am cuvinte.

Capul îi căzu în mâini și o spuse, zise cuvintele pe care toată lumea le spune.

— Mi-a fost așa de dor de tine!

Azi este ziua de naștere a lui Eddie

Hipodromul este plin cu clienții de vară. Femeile poartă pălării din paie și bărbații fumează trabucuri. Eddie și Noel pleacă mai devreme de la lucru să parieze pe 39, cât împlinea Eddie azi, la Daily Double.

Se așază pe scaune pliante. La picioarele lor, în mijlocul unui covor de bilete aruncate, sunt paharele din hârtie cu bere.

Mai devreme, Eddie câștigase prima cursă a zilei. Pariase jumătate din câștig pe a doua cursă și câștigase iar. Era prima dată când i se întâmpla asta. Două sute nouă dolari. După ce pierduse de două ori la pariuri mai mici, pusese totul pe un cal pentru a câștiga în a șasea cursă, pentru că, așa cum el și Noel căzuseră de acord, conform unei logici exuberante, când venise aici nu avea aproape niciun sfanț, așa că ce rău să fie dacă se întorcea acasă tot la fel?

— Îți dai seama cât cașcaval o să ai pentru ăla mic dacă o să câștigi? spune Noel.

Sună clopotul. Caii pornesc. Se înghesuie unul lângă altul pe linia dreaptă, cu părul ca de mătase confundându-se unul cu celălalt din cauza mișcării. Eddie pariase pe nr. 8, un cal pe nume Jersey Finch; nu era un pariu rău, nu la patru la unu, dar ceea ce Noel tocmai spusese, despre „ăla mic", copilul pe care Eddie și Marguerite plănuiau să-l adopte, îl făcu să se simtă vinovat. Ar fi putut folosi banii aceia. De ce a făcut așa ceva?

Mulțimea se ridică în picioare. Caii se apropie de linia de sosire. Jersey Finch iese pe exterior și trece înainte cu o lungime. Se aud simultan încurajări și tunet de copite. Noel răcnește. Eddie strânge biletul în pumn. Este mai agitat decât ar vrea. Simte fiori pe șira spinării. Un cal se distanțează de grup.

Jersey Finch!

Acum Eddie are aproape 800 de dolari.

— Trebuie să sun acasă, spune.

— Strici tot, zice Noel.

— Ce adică?

— Îți strici norocul dacă spui cuiva.

— Ești dus cu pluta.

— N-o face.

— Ba o sun. O să se bucure.

— N-o să se bucure deloc.

Eddie se îndreaptă șchiopătând spre un telefon public și bagă o fisă. Marguerite răspunde. Eddie îi spune vestea. Noel are dreptate. Nu o face fericită. Îi spune să vină acasă. El îi zice să înceteze să-i spună ce să facă.

— Avem un copil pe drum, îl ceartă ea. Trebuie să încetezi să te comporți așa.

Eddie închide telefonul, simțind că-i frig urechile de nervi. Se întoarce la Noel, care mănâncă arahide, așteptându-l lângă balustradă.

— Nu-mi spune, zice Noel.

Se duc la ghișeu și aleg un alt cal. Eddie scoate banii din buzunar. O parte din el nu voia mai mulți bani, pe când cealaltă parte ar fi vrut de două ori mai mulți, ca să-i poată arunca pe pat când ajungea acasă și să-i poată spune soției sale: „Poftim, cumpără-ți ce vrei!"

Noel îl privește cum strecoară bancnotele prin deschizătura ghișeului. Ridică din sprânceană.

— Știu, știu, spune Eddie.

Ce nu știa era că Marguerite, neputând să-l sune la telefon, decisese să ia mașina să vină după el. Îi părea rău că țipase la el, mai ales că era ziua lui de naștere, și voia să-și ceară scuze. Și să-l facă să se oprească. Știe, din alte seri, că Noel va insista să rămână până la închidere, așa era el. Și pentru că hipodromul se afla la doar zece minute distanță, își ia geanta ei și pleacă cu Nash Rambler-ul lor de mâna a doua la Ocean Parkway. Virează la dreapta pe strada Lester. Soarele a dispărut și cerul este schimbător. Cele mai multe dintre mașini vin din direcția opusă. Se apropie de pasarela de pe strada Lester, drumul pe care toată lumea o lua spre hipodrom, pe scări, pe deasupra străzii și înapoi în jos pe scări, din nou, până când proprietarii hipodromului au plătit la primărie pentru un semafor, care lăsase aproape pustie pasarela.

Doar că în seara aceasta nu e pustie. Doi adolescenți care nu voiau să fie găsiți, doi copii în vârstă de 17 ani care, cu câteva ore mai devreme, fuseseră alungați dintr-un magazin de băuturi alcoolice după ce furaseră cinci pachete de țigări și trei litri de whisky învechit Harper, stăteau acum pe pasarelă. Pentru că terminaseră deja băutura și aproape toate țigările, se plictiseau și bălăngăneau sticlele goale peste balustrada ruginită a pasarelei.

— Am curaj? zice unul din ei.

— Eu zic că ai, spune celălalt.

Primul lasă sticla să cadă și se ascund după balustradă să vadă ce se întâmplă. Sticla ratează o mașină și se sparge în bucăți pe șosea.

— Ce tare! strigă al doilea. Ai văzut?! Acum arunc-o și tu pe-a ta dacă ai curaj!

Al doilea se ridică în picioare, întinde sticla peste balustradă și alege să o arunce pe banda din dreapta, unde treceau mai puține mașini. Leagănă sticla înainte și înapoi, încercând să se sincronizeze cu trecerea vehiculelor, ca și cum acesta ar fi un act artistic, iar el, un artist. Își ia degetele de pe sticlă. Aproape că zâmbește.

Doisprezece metri mai jos, lui Marguerite nu-i trece prin minte să se uite în sus, nu crede că e posibil să se întâmple ceva pe bucata aceea de drum, tot ce are în minte este să-l ia pe Eddie de la hipodrom înainte să piardă toți banii. Când sticla de whisky Old Harper's îi lovește parbrizul, făcându-l țăndări, Marguerite se gândea în care secțiune a tribunei ar putea fi Eddie. Mașina ei virează și sfârșește în separatorul din beton. Corpul ei este aruncat ca o cârpă, se izbește de ușă, de tabloul de bord și de volan, i se rupe ficatul și brațul și se lovește atât de tare la cap, încât nu mai aude nimic din sunetele serii. Nu aude scrâșnetul cauciucurilor. Nici claxoanele urlând. Nu aude picioarele acoperite de tenişi îndepărtându-se, coborând în fugă de pe pasarela de pe strada Lester, dispărând în noapte.

DRAGOSTEA POATE HRĂNI CUPLURILE din exterior, căzând precum ploaia, pătrunzându-i pe cei doi până la oase cu fericire. Însă, uneori, sub canicula furioasă a vieții, dragostea se usucă la suprafață și trebuie hrănită pornind de jos, de la rădăcini, care trebuie îngrijite pentru a o menține vie.

Accidentul de pe strada Lester a băgat-o pe Marguerite în spital. A rămas la pat timp de aproape șase luni. Ficatul său s-a recuperat în cele din urmă, dar au pierdut ocazia de a adopta din cauza cheltuielilor și a întârzierii. Copilul pe care îl așteptau a ajuns la altcineva. Vina nerostită pentru ce se întâmplase nu și-a găsit tihna, mutându-se, pur și simplu, ca o umbră, când la soț, când la soție. Marguerite nu a vorbit o lungă perioadă. Eddie s-a adâncit în muncă. Umbra a luat loc la masa lor; mâncau în compania ei, printre zgomotele făcute de tacâmuri pe farfurii. Când vorbeau, vorbeau despre nimicuri. Apa de la rădăcina iubirii lor începuse să dispară. Eddie nu a mai pariat niciodată pe cai. Întâlnirile cu Noel s-au rărit și-apoi s-au încheiat; niciunul din ei nu se mai simțea în stare să stea la taclale la micul dejun.

Un parc de distracții din California introdusese primele șine tubulare din oțel (se răsuceau la unghiuri pe care lemnul nu le permitea) și, dintr-odată, roller-coasterele, care fuseseră date uitării, reveniseră la modă. Domnul Bullock, proprietarul parcului, comandă un model cu șine din oțel pentru Ruby Pier, iar Eddie superviză construcția. Țipa la instalatori, verificându-le fiecare mișcare. N-avea încredere în ceva care se mișca atât de repede. Unghiuri de șaizeci de grade? Era sigur că cineva avea să sfârșească rănit. Oricum, îi oferise un fel de refugiu minții sale.

Foişorul unde cânta orchestra Stardust fu demolat. La fel şi Zipper ride. Şi Tunelul Iubirii; de-acum, tinerii îl considerau prea siropos. Câţiva ani mai târziu, a fost construită o nouă atracţie, un tobogan cu apă, și, spre surprinderea lui Eddie, avu un succes extraordinar. Clienţii se plimbau în butuci sub formă de jgheab pe un canal cu apă, sfârşind, la final, într-o băltoacă mare care-i uda fleaşcă. Eddie nu înţelegea de ce le plăcea oamenilor aşa de mult să fie udaţi până la piele, când oceanul se afla la nici 300 de metri distanţă. Dar se îngrijea şi de această atracţie, ca şi de celelalte, lucrând fără pantofi, cu picioarele în apă, ca să se asigure că vagoanele-butuci nu aveau să se desprindă de pe şine.

Cu timpul, soţul şi soţia au început să-şi vorbească din nou şi, într-o noapte, Eddie deschise discuţia despre adopţie. Marguerite se frecă pe frunte şi spuse:

— Acum suntem prea bătrâni.

Iar Eddie răspunse:

— Ce înseamnă prea bătrân pentru un copil?

Trecură anii. Şi chiar dacă în viaţa lor nu a apărut un copil, rana s-a vindecat încet, iar bucuria de a trăi unul în compania celuilalt a umplut spaţiul pe care-l ţinuseră deoparte pentru altcineva. Dimineaţa, ea îi pregătea pâinea prăjită şi cafeaua, iar el o conducea la serviciu, unde Marguerite se ocupa de curăţenie; apoi Eddie se ducea la parc. Uneori, după-amiaza, Marguerite termina mai devreme şi se plimba cu el pe faleză, însoţindu-l în timp ce-şi făcea rundele, dându-se în caruselul cu cai sau în scoicile vopsite în galben, în timp ce Eddie îi povestea despre rotoare şi cabluri şi despre ascultatul zumzetului motoarelor.

Într-o seară de iulie, se plimbau pe plajă, mâncând acadele de struguri, cu picioarele goale scufundându-se în nisipul umed. Priviră în jur şi-şi dădură seama că erau cei mai în vârstă de pe toată plaja.

Marguerite spuse ceva despre costumele de baie bikini pe care le purtau fetele tinere şi despre cum ea nu ar avea niciodată curajul să poarte aşa ceva. Eddie răspunse că era spre norocul fetelor, altfel, cu Marguerite în bikini, bărbaţii n-ar avea ochi pentru altcineva. Şi, chiar dacă avea de-acum în jur de 45 de ani şi şoldurile i se mai lăţiseră, iar în jurul ochilor i se formase o reţea de riduri fine, îi mulţumi lui Eddie, recunoscătoare, şi se uită la nasul său coroiat şi la maxilarul lat. Iar ploaia dragostei lor începu să cadă din nou, udându-i până la oase, în timp ce valurile se adunau la picioarele lor.

TREI ANI MAI TÂRZIU, Marguerite trecea prin pesmet bucăţi de pui în bucătăria apartamentului lor, pe care îl păstraseră în tot acest timp, mult după ce murise mama lui Eddie, pentru că, spunea ea, îi amintea de vremurile când erau tineri şi îi plăcea să vadă vechiul carusel pe fereastră. Brusc, fără niciun semn, degetele de la mâna dreapta i se încleştară incontrolabil. Se curbau. Nu voiau să se strângă. Bucata de pui îi alunecă din mână. Căzu în chiuvetă. Braţul îi zvâcnea. Respiraţia i se accelera. Îşi privi o clipă mâna cu degetele blocate care păreau ale altcuiva, cineva care părea că încearcă să cuprindă un borcan mare, invizibil.

Apoi totul deveni neclar.

— Eddie! strigă ea, dar până sosise el, Marguerite leşinase deja.

O găsi pe jos.

ERA, aveau să spună doctorii, o tumoare pe creier, şi declinul ei avea să fie ca multe altele, tratamente care făceau boala să pară mai suportabilă, părul care avea să cadă şuviţe cu şuviţe, dimineţile petrecute la maşini zgomotoase de radiaţii şi serile petrecute vomitând în toaleta spitalului.

În ultimele zile, când cancerul fusese declarat învingător, medicii i-au spus doar: „Odihneşte-te. Ia-o mai uşurel." Când le puse întrebări, medicii dădură înţelegători din cap, de parcă fiecare scuturare din cap ar fi fost o picătură de tratament primit cu pipeta. Marguerite îşi dădu seama că aşa era protocolul, că era modul lor de a fi drăguţi cu ea, pentru că nu mai puteau face nimic, şi, când unul dintre ei i-a sugerat „să-şi pună lucrurile pământeşti în ordine", Marguerite a cerut să fie externată din spital. Mai mult le-a spus asta decât le-a cerut.

Eddie o ajută să urce scările şi îi agăţă haina în cuier, în vreme ce ea privea în jur, prin apartament. Voia să facă ceva de mâncare, dar el o aşeză pe scaun şi puse apă pe foc pentru ceai. Cumpărase cu o zi înainte cotlete de miel, iar în seara aceea, la cină, casa li s-a umplut de oaspeţi, prieteni, colegi de serviciu, veniţi să o salute pe Marguerite, cărora ea le răspundea cu fraze precum: „Ia te uită cine se arată la faţă!", de parcă ar fi fost vorba despre o petrecere de întoarcere acasă, nu una de adio.

Mâncară piure de cartofi din farfurii CorningWare şi brownies cu caramel la desert, iar când Marguerite termină al doilea pahar de vin, Eddie i-l turnă şi pe al treilea.

Două zile mai târziu, se trezi ţipând. O duse la spital, însoţiţi de tăcerea de dinaintea zorilor. Vorbiră în propoziţii scurte, ce doctor o fi de gardă, pe cine să sune Eddie... Deşi stătea pe scaunul de lângă el, Eddie o simţea peste tot, în volan, în pedala de acceleraţie, în clipitul pleoapelor, în dresul glasului. Fiecare mişcare pe care o făcu era menită să o mai ţină puţin lângă el.

Avea 47 de ani.

— Ai luat cardul? întrebă ea.

— Cardul... spuse el absent.

Marguerite trase adânc aer în piept și închise ochii; vocea îi era și mai slabă când continuă, de parcă fiecare respirație era un efort prea mare.

— Asigurare, spuse răgușit.

— Da, da, răspunse el repede. Am luat cardul.

Parcară și Eddie opri motorul. Dintr-odată, totul era neclintit, prea multă liniște. Putea să audă și cel mai mic zgomot, scârțâitul scaunului din piele la orice mișcare a corpului său, mânerul portierei care se deschidea, valul de aer rece care pătrunse în interior, picioarele pe trotuar, clinchetul cheilor.

Îi deschise portiera și o ajută să coboare. Umerii ei erau strânși și ridicați până spre bărbie, ca un copil care îngheață de frig. Vântul îi dădu părul pe față. Marguerite adulmecă aerul și ridică ochii spre orizont. Îi făcu semn lui Eddie și dădu din cap către vârful îndepărtat al unei atracții mari, albe, cu vagoane roșii atârnând ca niște ornamente într-un copac.

— Se vede de aici, spuse.

— Roata panoramică? întrebă el.

Marguerite își mută privirea.

— Acasă.

PENTRU CĂ ÎN RAI NU DORMISE, Eddie avea impresia că nu petrecuse mai mult de câteva ore cu fiecare persoană pe care o întâlnise. În plus, fără zi și fără noapte, fără să dormi și fără să pleci undeva, fără apusuri sau maree, fără mesele zilnice și fără un orar, cum și-ar fi putut da seama de asta?

Cu Marguerite, tot ce-și dorise fusese timp, mai mult și mai mult, și-i fusese acordat, nopți și zile și din nou nopți... Trecură împreună prin ușile care duceau la nunți și vorbiră despre tot ce-și dorea să vorbească. La o nuntă din Suedia, Eddie îi povesti despre fratele său, Joe, care murise cu 10 ani înainte, de infarct, la doar o lună după ce-și cumpărase un apartament nou în Florida. La o nuntă rusească, ea îl întrebă dacă păstrase vechiul apartament, și el îi spuse că da, iar ea răspunse că se bucura c-o făcuse. La o nuntă în aer liber dintr-un sat libanez, el îi povesti ce i se întâmplase aici, în rai, iar ea părea să asculte și să știe deja, în același timp. Îi spuse despre Omul Albastru și povestea lui, de ce unii mor și alții trăiesc, și despre căpitan și învățăturile sale despre sacrificiu. Când îi povesti despre tatăl său, Marguerite își aminti de numeroasele nopți pline de furie pe acel om care se închisese în tăcere. Eddie o anunță că rezolvase lucrurile, ceea ce o făcu să ridice din sprâncene și să-și deschidă buzele a uimire, iar Eddie simți din nou senzația aceea cunoscută și caldă de care-i fusese dor de ani întregi: simplul fapt de a-și face soția fericită.

ÎNTR-O NOAPTE, EDDIE ÎI VORBI despre schimbările de la Ruby Pier, că vechile atracții fuseseră demolate, cum muzica de flajeolet de la sălile de jocuri fusese înlocuită de muzica asurzitoare *rock 'n' roll*, despre roaller-coastere cu răsuciri ca de tirbușon și vagoane atârnate de șine, cum atracțiile „în întuneric", care cândva fuseseră forme decupate de cowboy vopsite în culori neon, fuseseră înlocuite de ecrane video acum, ca și cum te-ai fi uitat tot timpul la televizor.

Îi spuse despre numele noi. Nu se mai spunea Dippers sau Tumble Bugs. Totul devenise Blizzard, Mindbender, Top Gun, Vortex.

— Sună ciudat, nu-i așa? întrebă Eddie.

— Sună, răspunse ea melancolică, a vara altcuiva.

Eddie își dădu seama că asta era exact ceea ce simțise de ani întregi.

— Ar fi trebuit să mă duc să muncesc în altă parte, spuse el. Îmi pare rău că nu te-am scos și nu m-am scos niciodată de-acolo. Tatăl meu. Piciorul meu. După război m-am simțit un ratat.

El văzu o umbră de tristețe pe chipul ei.

— Ce s-a întâmplat? întrebă ea. În timpul războiului?

Nu-i vorbise niciodată despre asta. Lăsase să se subînțeleagă. Pe vremea lui, soldații făceau ce trebuia făcut și nu vorbeau despre asta când se întorceau acasă. Se gândi la oamenii pe care îi ucisese. Se gândi la gărzi. Se gândi la sângele de pe mâinile sale. Se întrebă dacă o să i se ierte vreodată toate câte făcuse.

— M-am pierdut, zise.

— Nu, spuse soția sa.

— Ba da, șopti el, și ea nu mai adăugă nimic.

UNEORI, ACOLO, în rai, cei doi se întindeau împreună pe jos. Dar nu dormeau. Pe pământ, spuse Marguerite, când adormi, uneori îți visezi propriul rai și visele acelea te ajută apoi să îl creezi. Dar acum nu mai aveau motive să viseze așa ceva.

În schimb, Eddie o apucă de umeri, își vârî nasul în părul ei, respirând adânc, îndelung. La un moment dat, își întrebă soția dacă Dumnezeu știa că el se află acolo. Ea zâmbi și răspunse că da, chiar și atunci când Eddie a recunoscut că și-a petrecut o parte din viață ascuns de Dumnezeu și în tot restul timpului a crezut că trecea neobservat.

Lecția numărul patru

ÎN CELE DIN URMĂ, DUPĂ MULTE DISCUȚII, Marguerite l-a condus pe Eddie prin ultima ușă. Se aflau din nou în camera mică, rotundă. Marguerite se așeză pe un scaun, împreunându-și degetele. Se întoarse spre oglindă, iar Eddie văzu reflexia ei. O văzu pe a ei, dar nu pe a lui.

Mireasa așteaptă aici, spuse ea, trecându-și degetele prin părul lung, privindu-și imaginea și dispărând încet în ea. Este momentul în care te gândești la pasul pe care îl faci. Pe cine alegi. Pe cine vei iubi. Și dacă este persoana care trebuie, Eddie, acesta poate fi un moment atât de minunat...

Se întoarse spre el.

— A trebuit să trăiești fără dragoste de mulți ani, nu-i așa?

Eddie nu răspunse.

— Ai simțit că am fost smulsă de lângă tine, că te-am părăsit prea curând.

Eddie se aplecă încet. Rochia ei de lavandă era răspândită în fața lui.

— Dar *chiar* ai plecat prea devreme, spuse.

— Ai fost supărat pe mine.

— Nu.

Ochii ei scânteiară.

— Bine. Am fost.

— Toate s-au întâmplat cu un motiv, spuse ea.

— Ce motiv? întrebă el. Nu există motive pentru așa ceva. Ai murit. Aveai 47 de ani. Erai omul cel mai frumos dintre noi toți și ai murit și ai pierdut totul. Și eu am pierdut totul. Am pierdut-o pe singura femeie pe care am iubit-o.

Marguerite îi luă mâinile într-ale ei.

— Nu, nu m-ai pierdut. Am fost mereu aici. Și tu ai continuat să mă iubești. Iubirea pierdută tot iubire e, Eddie. Are altă formă, atâta tot. Nu poți vedea zâmbetul persoanei iubite, nu-i poți aduce de mâncare, nu o poți ciufuli și nu poți dansa cu ea pe ringul de dans. Dar când toate aceste simțuri slăbesc, se dezvoltă altele noi. Amintirea. Amintirile devin partenerul tău. Le hrănești. Ți le ții aproape. Dansezi cu ele. Viața trebuie să se sfârșească, spuse ea. Dar iubirea, nu.

Eddie se gândi la cum trăise în anii după ce își îngropase soția. Fusese ca și cum ar fi privit peste un gard, conștient că dincolo de el exista o altă viață, știind însă că nu va face niciodată parte din ea.

— Nu am vrut niciodată altă femeie, spuse el încet.

— Știu, răspunse ea.

— Eram încă îndrăgostit de tine.

— Știu. Marguerite încuviință din cap. Am simțit.

— Aici? întrebă el.

— Până şi aici, spuse ea zâmbind. Atât de puternică poate fi o iubire pierdută.

Se ridică şi deschise o uşă, iar Eddie clipi în timp ce o urmă. Era o cameră slab luminată, cu scaune pliabile şi un acordeon aşezat în colţ.

— Am lăsat-o ultima pe asta, spuse ea.

Îşi întinse braţele spre el. Şi, pentru prima dată de când ajunsese în rai, iniţie el contactul, se apropie de ea, ignorând durerea din picior, ignorând orice asociere urâtă pe care o făcuse cu dansul, muzica şi nunţile, realizând abia acum că priveau, de fapt, singurătatea sa.

–Tot ce lipseşte, şopti Marguerite, punându-şi mâna pe umărul lui, sunt cartonaşele de bingo.

Eddie zâmbi şi-i puse o mână pe talie.

— Pot să te întreb ceva? zise el.

— Da.

— Cum de arăţi exact ca în ziua în care ne-am căsătorit?

— M-am gândit că o să-ţi placă aşa.

Eddie rămase un moment pe gânduri.

— Poţi să te schimbi?

— Să mă schimb? Părea amuzată. În ce?

— În cum erai la sfârşit.

Marguerite îşi coborî braţele.

— Nu eram aşa de drăguţă când s-a sfârşit.

Eddie clătină din cap, semn că nu era de acord.

— Ai putea?

Ea se opri un moment, apoi se întoarse în braţele lui. Acordeonistul cânta melodia bine ştiută. Marguerite fredona şi-ncepură să se mişte împreună, încetişor, într-un ritm reamintit, pe care soţul îl împărtăşeşte doar cu soţia sa.

You made me love you
I didn't want to do it
I didn't want to do it...
You made me love you
and all the time you knew it
and all the time you knew it

...

Când Eddie își dădu capul puțin înapoi, o văzu pe Marguerite la 47 de ani, ridurile fine din jurul ochilor, părul mai rar, pielea ușor lăsată sub bărbie. Ea îi zâmbi și el îi răspunse tot zâmbind, pentru el era la fel de frumoasă ca întotdeauna. Închise ochii și-i spuse pentru prima dată ceea ce simțise din momentul în care o regăsise:

— Nu vreau să continui. Vreau să stau aici.

Când își deschise ochii, brațele sale aveau încă forma ei, dar Marguerite dispăruse și, odată cu ea, tot restul.

VINERI, ora 15.15

Dominguez apăsă butonul liftului și ușa se închise. Liftul se ridică brusc și Dominguez văzu holul dispărând prin geamul din sticlă armată.

— Nu pot să cred că liftul ăsta încă merge, spuse Dominguez. Zici că-i din secolul trecut.

Bărbatul de lângă el, avocat pentru afaceri imobiliare, dădu ușor din cap, cu un interes prefăcut. Își scoase pălăria – liftul era mic și bărbatul transpirase – și privi numerele cum se aprindeau pe panoul de alamă. Era la al treilea client pe ziua de azi. Încă unul și apoi se putea duce acasă, să mănânce.

— Eddie nu avea prea multe, spuse Dominguez.

— Aha, răspunse bărbatul, ștergându-și fruntea cu o batistă. Atunci nu ar trebui să dureze mult.

Liftul săltă ușor, apoi se opri, iar ușa se deschise cu zgomot. Cei doi se îndreptară spre 6B. Gresia de pe hol era cea din anii 1960, pătrate negre și pătrate albe, și mirosea a mâncare gătită, a usturoi și a cartofi prăjiți. Administratorul le dăduse cheia și un termen-limită. Miercurea viitoare. Apartamentul trebuia golit pentru un nou chiriaș.

— Măiculiță!... exclamă Dominguez deschizând ușa și intrând în bucătărie. Cam curat pentru un bătrân!

Chiuveta era curată. Blatul șters. *Dumnezeu mi-e martor,* gândi el, *dar la mine acasă nu a fost niciodată așa de curat.*

— Documente privind situația financiară? întrebă omul. Extrase de cont? Bijuterii?

Dominguez și-l imagină pe Eddie purtând bijuterii și aproape că-l pufni râsul. Își dădu seama cât de mult îi lipsea bătrânul, cât de ciudat era că nu mai venea la parc, dând ordine, verificând fiecare detaliu cu ochi de șoim. Nici măcar nu-i goliseră dulapul. Nu-i lăsa inima. Pe niciunul dintre ei. Lăsaseră toate lucrurile sale de la atelier neatinse, de parcă urma să se întoarcă a doua zi.

— Nu știu. Ați controlat în chestia din dormitor?

— Comoda?

— Aia, da. Am venit pe-aci doar o dată, știți. Pe Eddie l-am știut doar de la muncă.

Dominguez se aplecă peste masă și aruncă o privire pe fereastra bucătăriei. Văzu vechiul carusel. Se uită la ceas. *Apropo de muncă*, se gândi el.

Avocatul deschise sertarul comodei din dormitor. Împinse deoparte perechile de șosete frumos împachetate, una lângă cealaltă, și lenjeria de corp, boxeri albi, aliniați cu elasticul pe aceeași parte. Sub ei se afla o cutie veche, legată în piele, părea un obiect destul de important. Îl deschise, sperând să dea de ce căuta. Se încruntă. Nimic important. Niciun extras de cont. Nicio poliță de asigurare. Doar un papion negru, meniul de la restaurantul chinezesc, un pachet vechi de cărți, o scrisoare cu o medalie militară și o fotografie Polaroid decolorată a unui bărbat lângă un tort, înconjurat de copii.

— Hei, îl strigă Dominguez din cealaltă cameră, asta căutați?

Apăru cu un teanc de plicuri pe care le găsise într-un sertar din bucătărie, unele de la o bancă locală, altele de la Administrația Veteranilor. Avocatul le răsfoi și, fără să ridice privirea, spuse:

— Sunt bune, da.

Scoase un extras bancar și calculă în minte cam câți bani puteau fi în cont. Apoi, așa cum se i întâmpla adesea când făcea vizite de acest fel, se felicită în sine pentru portofoliul de acțiuni, obligațiuni și pentru planul de pensionare în care investise. Era deprimant să sfârșești ca prăpăditul acesta, cu nimic de arătat lumii în afară de o bucătărie curată.

A cincea persoană pe care Eddie o întâlnește în rai

ALB. DOAR ALB. NU pământ, nu cer, niciun orizont între ele.

Doar alb pur şi linişte, linişte ca atunci când ninge des în lumina unui răsărit mut. Eddie nu vedea altceva decât alb. Tot ce auzea era propria respiraţie grea, urmată de ecoul aceleiaşi respiraţii. Inspiră şi auzi o inspiraţie şi mai puternică. Expiră şi auzi pe altcineva, sau altceva, expirând.

Eddie îşi închise ochii strâns. Tăcerea este şi mai greu de suportat când ştii că nu are un sfârşit. Or, Eddie ştia că aşa era. Soţia lui dispăruse. Îşi dorea cu disperare să o mai aibă cu el, încă un minut, jumătate de minut, încă cinci secunde, dar nu avea cum să ajungă la ea, să o cheme sau să-i facă semn, nici măcar să se uite la o poză a ei. Se simţea ca şi cum ar fi căzut pe nişte trepte şi ar fi ajuns jos şifonat bine. Sufletul îi era gol. Nu simţea niciun impuls. Atârna în vid, fără viaţă, ca prins într-un cârlig, de parcă toate lichidele se scurseseră din el. Putea fi acolo de o zi sau de o lună, nu ştia. Poate că era acolo de un secol.

Deschise cu greu ochii abia când auzi un zgomot slab, dar insistent. Fusese deja în patru locuri ale raiului, se întâlnise cu patru prieteni şi, deşi de fiecare dată nu înţelesese nimic la început, simţea cumva că de data asta era ceva cu totul diferit.

Zgomotul se repetă, mai puternic acum, şi, dintr-un instinct vechi de-o viaţă, Eddie îşi încleştă pumnii. Dar se trezi strângând în mâna dreaptă un baston. Antebraţele îi erau acoperite de pete de bătrâneţe. Unghiile îi erau mici şi îngălbenite. Pe picioarele goale se vedea erupţia roşiatică – zona zoster – care-i apăruse în ultimele săptămâni pe pământ. Îşi luă privirea de la corpul acela care decădea rapid. Conform măsurătorilor omeneşti, trupul său era aproape de sfârşit.

Şi din nou auzi zgomotul, un vuiet ascuţit, ţipete urmate de linişte. Când trăia, Eddie auzise acest sunet în coşmarurile sale şi se cutremură amintindu-şi: satul, focul, Smitty şi zgomotul acela, o bâlbâială ruginită care-i ieşise din gură când încercase să vorbească.

Îşi încleştă dinţii, ca şi cum ar fi putut să-l oprească, dar zgomotul continuă, ca o alarmă nebăgată în seamă, până când Eddie urlă în albul sufocant:

— Ce-i asta? *Ce vrei?*

Şi astfel, zgomotul ascuţit se pierdu în fundal, adăugându-se unui al doilea zgomot, unul vag, neobosit, zgomot de râu care curge, iar albul se transformă într-un punct care sclipea, ca lumina când se reflectă în apă. Sub picioarele lui Eddie apăru pământ. Bastonul atinse ceva solid. Se afla sus pe un dig, briza îi sufla pe faţă şi ceaţa îi umezea pielea. Se uită în jos şi văzu un râu, sursa zgomotelor care-l bântuiau; se simţi uşurat ca un bărbat care, cu o bâtă de baseball în mână, descoperă că, de fapt, nu era niciun intrus în casă. Zgomotul, ţipetele, şuieratul, urletele nu erau decât voci de copii, mii de copii care se jucau, stropindu-se în râu şi scoţând ţipete amuzate. *Oare asta visam?* se gândi. *În tot acest timp? De ce?*

Studie corpurile mici: unii săreau, alţii se bălăceau, câţiva cărau găleţi, în timp ce alţii se rostogoleau în iarba înaltă. Observă că totul se desfăşura într-o atmosferă de armonie, fără acele răfuieli şi păruieli tipice copiilor. Şi mai observă ceva. Nu era prezent niciun adult. Nici măcar adolescenţi. Erau doar copii mici, cu pielea de culoarea lemnului întunecat, care păreau a se îngriji unii de ceilalţi.

Apoi ochii lui Eddie fură atraşi de un bolovan alb. Pe bolovan se afla o fată slăbuţă, la distanţă de ceilalţi. Se uita spre el. Îi făcu semn cu ambele mâini, îndemnându-l să se apropie. Şovăi. Fata zâmbi. Îi făcu din nou semn cu mâna şi dădu din cap, de parcă ar fi zis: *Da, tu.*

Eddie se sprijini în baston pentru a coborî panta. Alunecă, genunchiul bolnav cedă şi, odată cu el, şi picioarele. Dar înainte de a atinge pământul, simţi o pală de vânt în spinare care-l ridică, îi îndreptă picioarele şi-l purtă direct în faţa fetei, de parcă fusese acolo în tot acest timp.

Azi este ziua de naștere a lui Eddie

A împlinit 51 de ani. E sâmbătă. Este prima sa zi de naștere fără Marguerite. Își pregătește într-un pahar din hârtie o cafea decofeinizată și mănâncă două felii de pâine prăjită cu margarină. După accidentul soției sale, Eddie refuzase să-și mai sărbătorească ziua de naștere, spunând:

- De ce să fiu nevoit să-mi reamintesc de ziua aceea?

Marguerite era cea care insista. Care făcea tortul. Care invita prietenii. Și care cumpăra întotdeauna o pungă de caramele, pe care o lega cu o fundă.

— Nu poți renunța la ziua ta de naștere, obișnuia să-i spună.

Dar acum, când ea nu mai este, Eddie încearcă. La serviciu, se urcă într-un roller-coaster, singur, la înălțime, ca un alpinist pe munte. Seara, se uită la televizor, acasă. Se culcă devreme. Fără tort. Fără invitați. Nu este deloc greu să te comporți ca un oarecare când te simți un oarecare. Lipsa de culoare a abandonului de sine deveni culoarea predominantă a zilelor lui Eddie.

Are 60 de ani. E miercuri. Ajunge devreme la atelier. Deschide o pungă maro cu prânzul și rupe o bucată de parizer din sendviș. O prinde de un cârlig, apoi aruncă sfoara în jos, prin gaura de pescuit. Privește bucata plutind. În cele din urmă, dispare, înghițită de mare.

Are 68 de ani și e sâmbătă. Își întinde pastilele pe blat. Sună telefonul. E Joe, fratele său; îl sună din Florida. Joe îi urează La mulți ani. Joe îi povestește despre nepotul său. Joe îi povestește despre un apartament. Eddie zice „aha" de cel puțin 50 de ori.

Are 75 de ani. E luni. Își pune ochelarii și verifică rapoartele de întreținere. Observă că cineva a lipsit de pe tură cu o noapte înainte, iar frânele de la Squiggly Wiggly Worm Adventure nu au fost testate. Oftează, ia o pancartă de pe perete – CARUSEL ÎNCHIS TEMPORAR PENTRU ÎNTREȚINERE –, apoi o cară după el pe faleză până la intrarea de la Wiggly Worm și verifică personal frânele.

Are 82 de ani. E marți. La intrarea în parc sosește un taxi. Se strecoară pe locul de lângă șofer și-și pune bastonul pe bancheta din spate.

— Majoritatea preferă să stea în spate, spune șoferul.

— Te deranjează dacă stau aici? întreabă Eddie.

Șoferul ridică din umeri.

— Nț. Nu mă deranjează.

Eddie privește drept înainte. Nu-i spune că în felul acesta e un pic ca și cum ar conduce el și că nu mai conducea de când nu-i mai reînnoiseră carnetul, cu doi ani în urmă.

Taxiul îl duce la cimitir. Vizitează mormântul mamei sale și mormântul fratelui său și stă lângă mormântul tatălui său doar câteva momente. Ca de obicei, lasă la urmă mormântul soției sale. Se sprijină în baston și se uită la piatra funerară, gândindu-se la multe lucruri. Caramele. Se gândește la caramele.

Se gândește că acum i s-ar lipi de placa dentară și i-ar scoate-o, dar că le-ar mânca oricum, numai să le poată mânca împreună cu ea.

Ultima lecție

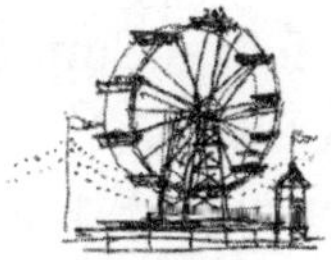

FETIȚA PĂREA ASIATICĂ, avea cinci sau șase ani, un ten minunat de culoarea scorțișoarei, părul negru cu reflexe de prună, nasul turtit, buzele pline care se deschiseră cu bucurie, descoperind o dantură știrbă, și cei mai fascinanți ochi, negri precum pielea de focă, cu pupila albă, mică, precum gămălia unui ac. Zâmbi și dădu din brațe entuziasmată până când Eddie se mai apropie la un pas, moment în care fetița i se adresă.

— Tala, spuse prezentându-se, cu palmele pe piept.

— Tala, repetă Eddie.

Zâmbi de parcă ar fi început un joc. Arătă spre bluza brodată, care-i atârna lejer peste umeri, udă de la apa râului.

— *Baro*, spuse ea.

— Baro.

Atinse țesătura roșie care-i învăluia torsul și picioarele.

— *Saya*.

— Saya.

Apoi veni rândul saboţilor din picioare – *bakya* –, apoi scoicile cu perle de la picioarele ei – *capiz* –, apoi indică spre covoraşul care se afla în faţa ei – *banig*. Îi făcu semn lui Eddie să se aşeze pe covor, apoi i se alătură şi ea, încrucişându-şi picioarele.

Niciunul dintre ceilalţi copii nu părea să-l observe. Se stropeau şi se rostogoleau şi adunau pietre din albia râului. Eddie văzu un băieţel frecând o piatră peste trupul, spatele şi subsuorile altuia.

— Spălat, spuse fetiţa. Cum făceau *inas* ale noastre.

— Inas? întrebă Eddie.

Fetiţa studie chipul lui Eddie.

— Mămicile, zise ea.

Eddie vorbise cu mulţi copii în viaţa sa, dar în vocea ei nu detectă nicio urmă de ezitare, cum se întâmpla de obicei când un copil se adresa unui adult. Se întrebă dacă ea şi ceilalţi copii aleseseră chiar ei acest loc de lângă râu sau dacă, având în vedere puţinele lor amintiri, peisajul acesta, atât de pur, fusese ales pentru ei.

Fetiţa indică spre buzunarul de la cămaşa lui Eddie. Acesta privi în jos.

Sârme de curăţat ţevi.

— Astea? întrebă el.

Le scoase şi le răsuci împreună, aşa cum făcuse când lucra la parc. Fetiţa se ridică în genunchi pentru a vedea mai bine cum făcea. Lui Eddie îi tremurau mâinile.

— Vezi? Este un... răsuci sârma o ultimă dată... un căţel.

Fetiţa îl luă şi zâmbi, un zâmbet pe care Eddie îl văzuse de o mie de ori.

— Îţi place? zise el.

— Mi-ai dat foc, răspunse ea.

EDDIE SIMŢI că i se încleştează maxilarul.

— Ce-ai zis?

— Mi-ai dat foc. M-ai făcut să ard.

Vocea ei nu avea nicio expresie, de parcă spunea o lecție pe de rost.

— Ina mea spus tu așteaptă în nipa. Ina mea spus tu ascunde.

Eddie își coborî vocea, pronunțând în mod deliberat cuvintele rar.

— De cine... te ascundeai, micuțo?

Arătă cu degetul spre cățelul din sârmă, apoi îl scufundă în apă.

— Sundalong, spuse.

— Sundalog?

Fetița își ridică privirea.

— Soldat.

Eddie simți o lovitură ca de cuțit în piept. Imagini îi fulgerară prin minte. Soldați. Explozii. Morton. Smitty. Căpitanul. Aruncătoarele de flăcări.

— Tala, șopti fetița.

— Tala, repetă, zâmbind la auzul propriului nume.

— De ce ești aici, în rai?

Fetița lăsă jos cățelul.

— Mi-ai dat foc. M-ai făcut să ard.

Eddie simți că-i exploda capul. Mintea îi lucra repede. Respirația i se acceleră.

— Erai acolo, în Filipine... umbra din hambar...

— Nipa. Ina zis acolo în siguranță. Așteaptă pe ea. În siguranță. Apoi zgomot puternic. Foc mare. Tu dat foc mie. Ridică din umerii înguști. Nu în siguranță.

Eddie înghiți în sec. Mâinile îi tremurau. Se uită în ochii ei negri și adânci și încercă să zâmbească, de parcă ar fi fost un medicament de care avea nevoie fetița. Ea răspunse la zâmbet, ceea ce nu făcu altceva decât să-l frângă în bucăți. Îi căzu fața. Își ascunse capul între mâini. Umerii îi căzură. Nu mai putea respira. În sfârșit, întunecimea care-i umbrise toți acei ani i se dezvăluise, era reală, în carne și oase, copilul acesta, copilul acesta minunat, o ucisese, o arsese de vie, toate coșmarurile pe care le avusese, îl meritase pe fiecare dintre ele. Văzuse ceva! Umbra din flacără! Murise de mâna lui. De focul din mâna lui. Un potop de lacrimi începu să i se scurgă printre degete, iar sufletul parcă i se scufunda.

Începu să se vaite, un urlet ca de lup se ridică în glasul lui, un glas pe care nu-l mai auzise niciodată, venit din străfundul ființei sale, un urlet care se rostogoli pe apele râului și cutremură aerul cețos al raiului. Corpul îi era cuprins de convulsii, capul i se clătina sălbatic, apoi urletele se transformară în șoapte care sunau a rugăciune, fiecare cuvânt se revărsa într-o confesiune făcută pe nerespirate:

— Te-am ucis, TE-AM UCIS, apoi în șoaptă, iartă-mă, IARTĂ-MĂ, OH, DUMNEZEULE!... Ce-am făcut?! *CE-AM FĂCUT?!*

Plânse și plânse, până când plânsul se transformă în tremurat. Apoi se scutură în tăcere, bălăngănindu-se înainte și înapoi. Stătea în genunchi pe covorașul din fața fetiței cu părul negru, care se juca cu animalul ei din sârmă pe malul râului.

LA UN MOMENT DAT, când durerea se mai potoli, Eddie simți o bătaie pe umăr. Ridică privirea și o văzu pe Tala luând o piatră de jos.

— Tu spală eu, spuse ea.

Păși în apă și se întoarse cu spatele la Eddie. Apoi își trase bluza baro brodată peste cap.

Eddie făcu un pas înapoi. Pielea ei era arsă într-un mod oribil. Torsul și umerii săi înguști erau negri, arși, plini de bășici. Când se întoarse, chipul frumos și nevinovat era acoperit de cicatrici grotești. Buzele îi atârnau. Avea deschis un singur ochi și păr doar ici-colo, restul scalpului fiind ars, acoperit acum de coji groase.

— Tu spală eu, repetă, întinzându-i piatra.

Eddie se târî în râu. Luă piatra. Degetele îi tremurau.

— Nu știu cum, murmură abia auzit. Nu am avut niciodată copii.

Fetița își ridică mâna carbonizată și Eddie o apucă ușor, frecându-i cu delicatețe piatra pe antebraț, până când cicatricile începură să se desprindă. Frecă mai tare; cicatricile se luau... Își acceleră eforturile până când îndepărtă toată carnea arsă, înlocuită acum de una sănătoasă. Apoi întoarse piatra și-i frecă spatele osos și umerii micuți și ceafa și, la final, obrajii și fruntea și pielea din spatele urechilor.

Fetița se lăsă pe spate, sprijinindu-se de pieptul lui, și închise ochii de parcă ar fi vrut să tragă un pui de somn. Eddie îi curăță pleoapele cu delicatețe. Apoi făcu la fel cu buzele, scalpul plin de cicatrice, până când părul de culoarea prunei începu să crească din rădăcini și regăsi chipul pe care-l văzuse la început.

Când fetița deschise ochii, albul lor strălucea ca un far.

— Eu sunt cinci, șopti ea.

Eddie se aplecă să lase piatra și se înfioră, cu respirația întretăiată.

— Cinci... Aha... Ai cinci ani?

Ea clătină din cap. Ridică cinci degete. Apoi le sprijini pe pieptul lui Eddie, ca și cum ar fi vrut să spună „cinci al tău". *A cincea persoană.*

Suflă o briză caldă. O lacrimă se scurse pe obrazul lui Eddie. Tala o studie așa cum studiază copiii un gândac în iarbă. Apoi vorbi, adresându-se spațiului dintre ei.

— De ce tu trist? întrebă.

— De ce sunt trist? șopti el. Aici?

Ea arătă în jos, spre pământ.

— Acolo.

Eddie suspină, un ultim suspin, de parcă pieptul i se golise. Coborâse toate barierele; nu mai era o discuție de la adult la copil. Îi zise ce le spusese și celorlalți, lui Marguerite, lui Ruby, căpitanului și Omului Albastru, dar, mai presus de orice, sieși.

— Eram trist pentru că nu am făcut nimic cu viața mea. Nu am fost nimic. Nu am realizat nimic. Eram rătăcit. Mă simțeam ca și cum locul meu nu era acela.

Tala pescui din apă cățelul din sârmă.

— Acela era locul tău, zise ea.

— Unde? La Ruby Pier?

Fetița încuviință dând din cap.

— Să repar piese de carusel? La asta s-a redus existența mea? Trase adânc aer în piept. De ce?

Fetița înclină capul ca și cum ar fi fost evident.

— Copiii, zise ea. Ai avut grijă să fie în siguranță. Ai făcut bine pentru mine.

Șterse cățelul de fustă.

— Ai fost unde era locul tău, spuse, apoi îi atinse ecusonul de la cămașă și râse încet, după care adaugă: „Eddie Întreținere".

EDDIE SE SCUFUNDĂ DINTR-ODATĂ în apele învolburate. Pietrele poveștilor sale erau în jurul lui acum, sub suprafața apei, atingându-se una de alta. Simțea cum forma lui se topea, se dizolva, și presimțea că nu mai avea mult timp, că orice trebuia să vină după cei cinci prieteni pe care îi întâlnești în cer se întâmpla acum.

— Tala? șopti el.

Fetița își ridică privirea.

— Fetița din parc? Știi de ea?

Tala își privi vârful degetelor. Dădu din cap.

— Am salvat-o? Am reușit să o trag de acolo?

Tala clătină din cap.

— Nu tras.

Eddie se înfioră. Capul i se plecă, greu. Deci iată. Acesta era sfârșitul poveștii sale.

— Împins, spuse Tala.

Eddie ridică privirea.

— Împins?

— Împins picioarele. Nu tras. Tu împins. Apoi obiect mare căzut. Ai avut grijă ea în siguranță.

Eddie închise ochii, negând.

— Dar i-am simțit mâinile, spuse. Este singurul lucru pe care mi-l amintesc. Nu aveam cum să o împing. I-am simțit *mâinile*.

Tala zâmbi și luă în căușul palmelor apă din amontele râului, apoi își puse degetele mici și umede în mâna mare, de adult, a lui Eddie. El le recunoscu imediat, le mai ținuse într-ale sale.

— Nu mâinile *ei*, spuse. Mâinile *mele*. Eu adus tu în rai. Eu adus tu în siguranță.

ATUNCI RÂUL CRESCU rapid, înghițindu-l pe Eddie mai întâi până la talie, apoi până la piept și umeri. Înainte să mai poată trage aer în piept, vocile copiilor dispărură deasupra lui și fu scufundat de un curent puternic, dar tăcut. Se ținea încă de mână cu Tala, dar simțea că trupul îi este curățat de suflet, carnea de oase și, odată cu ea, se duceau toată durerea și oboseala pe care le simțise vreodată, fiecare cicatrice, fiecare rană, fiecare amintire urâtă.

Acum era nimic, o frunză pe apă, iar ea îl conducea ușor, printre umbre și lumini, printre nuanțe de albastru şi fildeş şi galben de lămâie şi negru, iar el înţelese că toate aceste culori reprezentau emoţiile din viaţa sa. Îl trase prin valurile spumoase ale unui mare ocean cenuşiu şi ieşi într-o lumină strălucitoare deasupra unei scene greu de descris: un parc de distracţii plin de mii de oameni, bărbaţi şi femei, taţi, mame şi copii, mulţi, mulţi copii, copii din trecut şi din prezent, copii care nu s-au născut încă, unul lângă altul, mână în mână, cu şepci, pantaloni scurţi, umplând faleza şi atracţiile şi platformele din lemn, stând unul pe umerii celuilalt sau unul în poala celuilalt. Erau acolo sau vor fi acolo graţie lucrurilor simple, banale pe care Eddie le făcuse în viaţa lui, prevenind accidente, reparând şi verificând atracţiile ca să fie sigure, graţie turelor pe care le făcuse zi de zi, neobservat. Şi, deşi buzele lor nu se mişcau, Eddie le auzea vocile, mai multe voci decât şi-ar fi putut închipui vreodată, şi-l cuprinse un sentiment de pace pe care nu-l mai simţise niciodată înainte. Nu o mai ţinea de mână pe Tala, plutea deasupra nisipului, deasupra falezei, peste vârfurile corturilor şi ale spiralelor de pe aleea centrală, către vârful roţii panoramice albe, unde, într-un vagon care se unduia lin, se afla o femeie într-o rochie galbenă. Era soţia lui, Marguerite, aşteptând cu braţele întinse. Se întinse după ea şi-i văzu zâmbetul şi vocile se contopiră într-un singur cuvânt venit de la Dumnezeu:

Acasă.

Epilog

PARCUL RUBY PIER SE REDESCHISE la trei zile după accident. Povestea morții lui Eddie fusese subiectul principal al ziarelor timp de o săptămână, înlocuită apoi de alte povești, alte decese.

Atracția denumită Freddy's Free Fall fu închisă pentru tot restul sezonului, dar se redeschise în anul următor cu un nume nou, Daredevil Drop. Adolescenții o considerau o probă de curaj și a atras mulți clienți, spre mulțumirea proprietarilor.

Apartamentul lui Eddie, cel în care crescuse, a fost închiriat unui nou chiriaș, care a pus geam închis la culoare la fereastra bucătăriei, întunecând priveliștea către vechiul carusel. Dominguez, care fusese de acord să preia slujba lui Eddie, puse puținele lucruri ale lui Eddie într-un cufăr de la atelierul de întreținere, alături de alte suvenire de la Ruby Pier, inclusiv fotografii cu intrarea inițială.

Nicky, tânărul a cărui cheie a tăiat cablul, făcuse o nouă cheie după ce ajunsese acasă, apoi vându mașina, patru luni mai târziu. Se întorcea adesea la Ruby Pier, lăudându-se prietenilor săi că străbunica lui era femeia după care fusese numit parcul.

Anotimpurile veniră şi plecară. Şi când şcoala se sfârşi, iar zilele deveniră mai lungi, mulţimea de oameni reveni în parcul de distracţii de lângă marele ocean gri, nu la fel de mulţi ca în parcurile tematice, dar suficienţi. Vară de vară, acelaşi spirit se trezea la viaţă, valurile îngânau pe ţărm, oamenii se înghesuiau la carusele, roţi panoramice, băuturi dulci şi vată pe băţ.

La Ruby Pier se formau cozi, aşa cum altundeva se forma o altă coadă: cinci prieteni, aşteptând în cinci amintiri alese ca fetiţa pe nume Amy sau Annie să crească şi să iubească şi să îmbătrânească şi să moară şi apoi, să găsească, în sfârşit, răspunsuri la întrebările ei: ce rost a avut viaţa ei pe pământ. Iar printre cei cinci prieteni care formau această coadă se afla şi un bătrân mustăcios, cu cozoroc din in şi nasul coroiat, care o aştepta într-un foişor unde cânta orchestra Stardust, pentru a-i povesti partea sa din secretele raiului: că fiecare viaţă afectează altă viaţă, care la rândul ei o afectează pe alta, şi că lumea e plină de poveşti, dar că, în realitate, povestea este una singură.

Mulțumiri

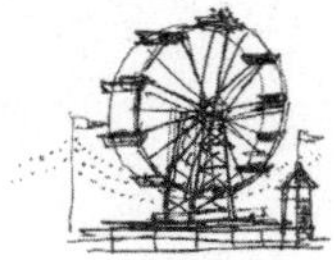

Autorul dorește să-i mulțumească lui Vinnie Curci, de la Amusements of America, și Danei Wyatt, director de operațiuni de la Pacific Park, de pe cheiul din Santa Monica. Sprijinul oferit în stadiul de cercetare necesară acestei cărți a fost de nepreţuit, iar mândria cu care se ocupă de siguranța clienților de la parcurile de distracție este demnă de laudă. De asemenea, mulțumiri doctorului David Collon, de la Henry Ford Hospital, pentru informațiile despre rănile de război. Și lui Kerri Alexander, care se ocupă, recunosc, de toate. Cea mai profundă apreciere lui Bob Miller, Ellen Archer, Will Schwalbe, Leslie Wells, Jane Comins, Katie Long, Michael Burkin și Phil Rose. Încrederea lor în mine reprezintă o sursă de inspirație. Lui David Black, pentru ceea ce ar trebui să fie relația agent – autor. Lui Janine, care a ascultat, cu răbdare, să-i citesc cu voce tare, de mai multe ori, această carte. Rhodei, Irei, Carei și lui Peter, cu care m-am dat pentru prima dată într-o roată panoramică. Și unchiului meu, adevăratul Eddie, care mi-a spus poveștile sale cu mult înainte ca eu să i le povestesc pe ale mele.

BOOKZONE